EL MEJOR TESORO
Cathie Linz

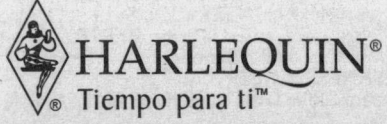

NOVELAS CON CORAZÓN

Editado por HARLEQUIN IBÉRICA, S.A.
Hermosilla, 21
28001 Madrid

© 2000 Cathie Linz. Todos los derechos reservados.
EL MEJOR TESORO, Nº 980 - 11.10.00
Título original: The Lawman Gets Lucky
Publicada originalmente por Harlequin Enterprises, Ltd.

Todos los derechos están reservados incluidos los de reproducción, total o parcial. Esta edición ha sido publicada con permiso de Harlequin Enterprises II BV.
Todos los personajes de este libro son ficticios. Cualquier parecido con alguna persona, viva o muerta, es pura coincidencia.
™ ® Harlequin, logotipo Harlequin y Deseo son marcas registradas por Harlequin Enterprises II BV y Novelas con corazón es marca registrada por Harlequin Enterprises Ltd.

I.S.B.N.: 84-396-8356-1
Depósito legal: B-38947-2000
Editor responsable: M. T. Villar
Diseño cubierta: María J. Velasco Juez
Composición: M.T., S.L.
Avda. Filipinas, 48. 28003 Madrid
Fotomecánica: PREIMPRESIÓN 2000
c/. Matilde Hernández, 34. 28019 Madrid
Impresión y encuadernación: LITOGRAFÍA ROSÉS, S.A.
c/. Energía, 11. 08850 Gavá (Barcelona)
Fecha impresion para Argentina:12.3.01
Distribuidor exclusivo para España: M.I.D.E.S.A.
Distribuidor para México: INTERMEX, S.A.
Distribuidores para Argentina: interior, BERTRAN, S.A.C. Vélez Sársfield, 1950. Cap. Fed./ Buenos Aires y Gran Buenos Aires, VACCARO SÁNCHEZ y Cía, S.A.
Distribuidor para Chile: DISTRIBUIDORA ALFA, S.A.

Capítulo Uno

Un poco de paz y tranquilidad. Eso era todo lo que Reno Best deseaba. Y una hamburguesa con lechuga y tomate. No pedía demasiado. Además, se lo merecía después de haber trabajado un turno de dieciocho horas durante el que había tenido que intervenir en cuatro peleas y levantar dos atestados por accidentes de tráfico.

Como comisario de Bliss, Colorado, mantener el orden era su labor. Una labor que se había vuelto cada día más difícil, sobre todo desde que empezaron los rumores sobre el supuesto tesoro que Curly Mahoney *El bizco*, famoso atracador de bancos, habría enterrado en los alrededores de Bliss cien años atrás.

Reno no sabía quién había corrido la voz sobre el descubrimiento del mapa del tesoro. Su padre, que tenía el mapa guardado en una caja fuerte, aseguraba no haber abierto la boca. Y tampoco sus hermanos y sus cuñadas.

Lo único que sabía era que, de repente, hordas de gente habían empezado a llegar a Bliss cargados de palas y detectores de metales y él parecía ser la única persona sensata que quedaba en el pueblo.

De momento, era el único en el recién inaugurado restaurante Tesoro y eso le permitiría comer su hamburguesa en paz. O eso creía, hasta que ella había entrado en el restaurante e, ignorando su sagrada hora del almuerzo, se había sentado a su lado sin esperar invitación.

–¿Ha hecho algo sobre lo de mi hermano?

Reno solo había visto a la nueva maestra de Bliss un par de veces y tuvo que hacer un esfuerzo para recordar su nombre... Annie. Annie Benton. Era muy querida por los padres de los alumnos, pero eso no le daba ningún derecho a interrumpirlo mientras comía.

–¿Su hermano? –repitió él, sin saber a qué se refería.

–Mi hermano. Ha desaparecido. He dejado mi número de teléfono en la comisaría para que me llamara. Y aún sigo esperando.

–Lo siento, pero no me han dado el mensaje –dijo el comisario, limpiándose la boca con una servilleta y maldiciendo mentalmente porque su secretaria, Opal, estaba en casa con gripe. Había enviado a su hija para ocupar su puesto durante unos días pero, a los veinte años, Sugar tenía más interés en escuchar a Ricky Martin que en anotar los mensajes–. Si no le importa esperar que vaya a la comisaría, la llamaré y...

–No pienso esperar un segundo más –declaró Annie, enfadada.

Aquello no debería haberlo sorprendido. Desde el descubrimiento del mapa, todo el mundo en Bliss parecía tan impaciente como un toro en los toriles.

Annie era una chica mona, para quien le gustaran las mujeres sin maquillaje y... sin curvas. Aunque Reno no juzgaba a las mujeres por el tamaño de su sujetador, tenía debilidad por las mujeres bien dotadas como Roxanne, la camarera del restaurante Homestead, que llevaba cuatro años seguidos ganando el concurso de camisetas mojadas y con la que había roto su relación siete meses atrás. Desde entonces, se había dedicado a salir por ahí con unas y con otras. Rubias, pelirrojas o morenas como la maestra, le gustaban todas. Reno Best tenía mucho éxito con las mujeres.

Aunque aquella no parecía mirarlo con ojos amistosos. Unos ojos castaños preciosos, por cierto. Parecía lo que solía llamarse una buena chica, aunque sus labios carnosos denotaban una naturaleza apasionada que Reno no había detectado a primera vista. Y mirándola más de cerca, con aquella camisola azul cielo, también tenía que corregir su estimación sobre las curvas.

—¿Es usted la nueva maestra, ¿verdad?

—No soy nueva —lo informó ella con voz helada—. Llevo en Bliss casi dos años. Pero eso es irrelevante. Estoy aquí porque mi hermano ha desaparecido. Hace dos días que no sé nada de él.

Reno sabía algo sobre Mike Benton, un chico que solía trabajar como peón en los ranchos de la zona o en la construcción. También había participado en un par de rodeos y en casi todas las apuestas que tenían lugar en el pueblo. El tipo de hombre inquieto, que no soportaba atarse a ningún sitio.

–Dos días no es mucho tiempo, señorita. Sobre todo, para alguien como Mike.

–Yo conozco a mi hermano mejor que usted, comisario.

–Llámeme Reno –dijo él–. Y sí, estoy seguro de que conoce a su hermano mucho mejor que yo, pero quería decir que un chico como Mike que va de un lado a otro... no sé, quizá no se ha dado cuenta de que habían pasado dos días. Y también es posible que haya decidido ponerse a buscar el tesoro de Curly, como la mitad del pueblo.

–Me habría llamado –dijo Annie.

–¿Alguna vez había desaparecido durante tanto tiempo?

Reno se dio cuenta por la expresión de la joven de que la respuesta era afirmativa.

–Pero me prometió que no volvería a hacerlo –lo disculpó ella–. Cuando llamé a Bozeman hace dos días, me dijeron que se había marchado y... ¡No puedo creer que siga ahí, comiendo... –le espetó ella con desprecio– mientras mi hermano puede estar necesitando ayuda!

La actitud de la joven lo fastidió. Llevaba doce horas sin comer y cuando encontraba un minuto para estar tranquilo, aquel ratoncillo de biblioteca tenía que aparecer para estropearle el almuerzo.

Cuando Reno volvió a tocar su hamburguesa, estaba fría. Igual que su mirada. Se le había agotado la paciencia.

—Mire, señorita, ninguna ley obliga a nadie a llamar a su hermana todos los días. Le sugiero que se calme un poco. Su hermano la llamará cuando quiera hacerlo.

Annie hubiera deseado estamparle la hamburguesa en la cara. Normalmente, ella era una persona tranquila y amable, pero cuando se trataba de su hermano pequeño era como una leona protegiendo a su cachorro. Tenía que serlo. Prácticamente, había tenido que criarlo.

Y aquel holgazán de comisario tenía la poca vergüenza de tratarla como si fuera una histérica.

Había oído hablar mucho sobre Reno Best y su fama de conquistador. Se rumoreaba que había salido con las tres últimas Miss Colorado y las chicas de Bliss lo llamaban «Tom Cruise», porque se parecía al actor.

Su pelo castaño siempre estaba un poco despeinado y tenía la barbilla cuadrada y unos pómulos por los que daría dinero un fotógrafo de moda. En sus ojos verdes había un permanente brillo burlón y tenía unas arruguitas a los lados de la boca que...

De acuerdo, aquel tipo era increíblemente atractivo. La gente tenía razón.

Pero a Annie no le importaba. Ella solo quería encontrar a su hermano.

—A ver si lo entiendo —dijo entonces, usando su mejor tono de maestra de escuela, el que utilizaba con los alumnos más rebeldes—. ¿Me está diciendo que no va a mover su trasero para buscar a mi hermano?

—Moveré «mi trasero» cuando me coma esta hamburguesa —replicó él, con toda tranquilidad.

—Muy bien. No hace falta que mueva el trasero.

—Parece usted muy interesada en mi trasero, señorita —dijo él entonces, con aquel brillo burlón en los ojos—. Si no le importa que se lo diga.

—Me importa y, para que lo sepa, usted no me interesa nada. Quien me preocupa es mi hermano. Pero veo que tendré que solucionar esto yo misma —dijo Annie, levantándose.

—¡Un momento! —la detuvo el comisario, tomándola por la muñeca—. ¿Cómo que tendrá que solucionarlo usted misma?

—Si usted no va a intentar encontrar a mi hermano, tendré que hacerlo yo.

—No creo que sea una buena idea —dijo él.

—Me importa un pito lo que usted crea.

—No va a encontrarlo, señorita Benton.

—Es mi obligación —replicó Annie, intentando disimular el nerviosismo que le provocaba el roce de la mano masculina.

—No quiero que se meta en líos —dijo Reno—. Ya hay bastantes problemas en Bliss últimamente.

—¿Problemas? —repitió ella, soltándose de un tirón—. ¡Usted no sabe lo que son problemas, pero se enterará si le ocurre algo a mi hermano!

—Si no ha aparecido en dos días, yo...

—No pienso esperar. Y, además, no me impresionan sus habilidades policiales —lo interrumpió ella.

-¿Solo le impresiona mi trasero? –sugirió él con una sonrisa.

-Es posible que sea lo único bueno que tiene –replicó Annie–. Pero, créame, no es suficiente.

Después de decir aquello, salió del restaurante tan rápidamente como había entrado.

Capítulo Dos

–Dime todo lo que sepas sobre Annie Benton –le dijo Reno a su secretaria en cuanto entró en la comisaría al día siguiente.

–Estoy mejor de la gripe, muchas gracias –replicó Opal Skywood, mientras guardaba su bolso en el cajón.

–Venga, tonta. Ya sabes que me alegro de que estés bien.

–Yo nunca estoy bien –sonrió la mujer.

–Comparada con tu hija, estás estupenda –dijo Reno, recordando la laca de uñas que Sugar había derramado sobre un informe.

–Sugar me ha dicho que le has gritado. Dice que te pones muy guapo cuando gritas. Para ser un hombre mayor, claro.

Reno sintió un escalofrío.

–Esa chica necesita que alguien la sujete. Igual que Annie Benton.

–¿De verdad? No puedo imaginarme dos personas más diferentes que mi hija y Annie.

–¿Qué sabes de ella?

–¿De Sugar? –preguntó Opal, para tomarle el pelo.

–No. De Annie.

–¿Y ese repentino interés? ¿Qué ha hecho?

–Ayer interrumpió mi almuerzo.
–Según mis noticias, eso no es ningún delito.
Reno se dejó caer en una silla, suspirando.
–No seas mala, Opal. Dime qué sabes de ella.
–¿Quieres saber si tiene novio?
Reno dejó de jugar con la grapadora que había tomado de la mesa de su secretaria.
–¿Crees que yo no podría enterarme de eso? –la retó, burlón.
–Seguro que sí –contestó Opal, arrebatándole la grapadora con la firmeza de una mujer a la que no le gusta que jueguen con su material de oficina–. Y por eso me sorprende que me preguntes. Es la primera vez que lo haces.
–Y, como sigas así, será la última.
–No te pongas gruñón. Estaba de broma. Que yo sepa, Annie Benton no sale con nadie. Aunque ahora que ha terminado el colegio hasta septiembre, supongo que tendrá más tiempo libre.
Reno empezó a tabletear con los dedos en el brazo de la silla.
–¿Qué más sabes de ella?
–Geraldine es quien lo sabe todo de todo el mundo –le recordó Opal.
–No pienso preguntarle a Geraldine. Es una cotorra.
–Si no te conociera bien, diría que te da miedo.
–Pero me conoces bien.
–Sí. Tú eres un duro comisario y no temes a nada ni a nadie.
–Duro, pero encantador –corrigió él.

–Ya. Por eso estoy yo aquí, por tu encanto. Desde luego, no por las condiciones de trabajo –sonrió la mujer, señalando a su alrededor. La oficina era minúscula. Para poner un fax, había que saltar sobre un archivo. Y llegar hasta la fotocopiadora requería contorsiones propias de un artista de circo–. Pero volviendo a Annie... Vamos a ver. Si la memoria no me falla, vino a Bliss hace dos años con su hermano pequeño. Es una maestra extraordinaria, hace unas galletas fabulosas y el año pasado ganó el primer premio en el concurso gastronómico por la mermelada más creativa. Me sorprende que no «la hayas probado». Me refiero a la mermelada, claro –añadió la secretaria con una sonrisa pícara.

Reno le lanzó una mirada de reprobación.

–Solo pregunto por razones profesionales.

–Ya.

–Lo digo en serio. Quiere que busque a su hermano.

–¿Ha desaparecido?

–Yo creo que no –contestó Reno–. Ella cree que ha desaparecido porque lleva dos días sin llamarla, pero no hay ninguna ley que obligue a un hombre a llamar a su hermana todos los días.

–A ver si lo entiendo –dijo Opal, pensativa–. Annie cree que su hermano ha desaparecido, pero tú no lo crees.

–Le dije que si no sabía nada de él en cuarenta y ocho horas más, empezaríamos a buscarlo, pero ella no quería esperar.

–¿Y qué va a hacer?

—Ir a buscarlo.
—Mala cosa.
—Eso le dije yo —dijo Reno, encantado de que su secretaria estuviera de acuerdo con él.
—Pero, claro, todo esto es culpa tuya.
El comisario parpadeó, incrédulo.
—¿Perdón?
—Si le hubieras dicho que la ayudarías a buscar a su hermano, esa pobre chica no tendría que hacerlo sola.
—Espero que no haga ninguna tontería —murmuró él, pensativo—. Tú la conoces mejor que yo. ¿Qué te parece?
Opal se encogió de hombros.
—Ni idea. Normalmente es una chica muy sensata, pero cuando se trata de su hermano parece estar ciega.
—¡Maldita sea! ¿Es que un hombre no puede ponerse gafas sin que todo el mundo vaya diciendo por ahí que se ha quedado ciego? —escucharon la voz del padre de Reno en la puerta.
—No estábamos hablando de ti —sonrió el comisario.
—Ya —murmuró Buck Best, con una expresión de incredulidad en sus ojos azules—. Bueno, hijo, ¿a qué miembro de la familia has arrestado hoy?
Reno miró al techo.
—No puedo creer que sigas con eso, papá. Te arresté el año pasado porque tenía que hacerlo. Es mi trabajo. Tad Hughes y tú habíais perdido la cabeza y, si no os hubiera arrestado, habríais terminado por liaros a tortas.

–Solo teníamos diferencias de opinión –mantuvo su padre, orgulloso.

–Diferencias de opinión que terminaron con dos ruedas pinchadas. Pasar la noche en la cárcel os vino bien.

–Ese idiota y yo hemos llegado a un acuerdo –dijo Buck, inclinándose como para contarle un secreto–. Casi se puede decir que somos socios. En lo de Curly, *El bizco*.

Escuchar aquel nombre era suficiente para que Reno se pusiera enfermo. La leyenda decía que el padre de su tatarabuelo, Jedidiah Best, había salvado la vida de Curly en una pelea y el atracador le había regalado el mapa del tesoro en agradecimiento.

El mapa había estado perdido durante más de un siglo hasta que, un año antes, su cuñada Hailey lo había encontrado mientras curioseaba en un baúl de la familia. Cord, su novio entonces, le había pedido en matrimonio delante de todo el pueblo unos días más tarde y el asunto del mapa se había olvidado temporalmente. Y después había llegado la nieve y se había pospuesto la búsqueda del tesoro hasta la primavera. Desde entonces, todo el mundo parecía haberse vuelto loco.

–¿Tienes idea de los problemas que está causando ese mapa?

–Oye, que yo no se lo he contado a nadie –protestó su padre–. Y Tad dice que él tampoco ha sido. No sé cómo la gente se ha podido enterar. Yo soy muy discreto.

–Sí, claro –murmuró Reno. Buck era un

hombre leal y bueno y, para él, la familia era lo primero, pero no sabía lo que era la discreción.

—Eso es lo que yo no entiendo, Buck —intervino Opal—. Si tú tienes el mapa de Curly, ¿por qué no buscas el tesoro?

—Porque estas cosas son complicadas —contestó el hombre.

—Porque no sabe leer el mapa —aclaró Reno.

—Nadie sabe —protestó su padre—. Curly fue muy listo y lo convirtió en una especie de jeroglífico.

—Quizá deberías pedirle a un experto que te ayudase a descifrarlo —sugirió Opal.

Buck vetó la idea sacudiendo la cabeza tan violentamente que sus gafas casi salieron volando.

—De eso nada. Me pediría una parte. Además, mi nuera es profesora de historia y tampoco entiende el mapa.

—Me han dicho que Hailey está a punto de terminar su libro sobre famosos ladrones del Oeste —sonrió Opal.

—Ya lo ha terminado —dijo Buck, orgulloso—. Va a publicarse dentro de un par de meses y con todo lo que cuenta de Curly seguro que es un éxito.

—Según mi padre, Curly *El bizco* es más importante que Wyatt Earp, Billy *el niño* y Jesse James, todos juntos —sonrió Reno.

—Ninguno de ellos podía escribir las poesías que escribía Curly.

—Gracias a Dios —murmuró Reno.

Buck se sentó entonces al lado de su hijo.

–Mira, voy a recitarte la última que me he aprendido:

Curly El bizco robó un banco
porque no era un ladrón manco
y antes de irse dio las gracias
por el oro y las ganancias.

–¿Estás pensando publicar los versos de Curly, Buck? –preguntó Opal, disimulando la risa.

Reno le lanzó una mirada de advertencia, pero la secretaria le guiñó un ojo.

–Se publicarán en el libro de Hailey –contestó el hombre–. Otra razón para que sea un éxito.

–Sí, claro –dijo Reno, sarcástico–. Curly es un poeta de los que ya no quedan.

Una llamada interrumpió la conversación en ese momento y Opal tomó nota con toda tranquilidad, como siempre.

–Hay un 1020 en la calle 31.

–Vandalismo –tradujo Reno, mirando a su padre–. ¿Qué ha pasado?

–El jardín de la señora Carruthers. Parece que anoche alguien se dedicó a hacer agujeros.

Annie estaba al borde de un ataque de nervios. Tenía que hacer algo. No podía seguir esperando al lado del teléfono sin hacer nada.

Había llamado a todos los conocidos de Mike, pero ninguno sabía nada. El problema era que, con aquella vida de nómada, su hermano no tenía amigos de verdad en ninguna parte. Excepto ella. Ella siempre había sido su mejor amiga, la persona a la que confiaba todos sus problemas.

Annie tenía razones para ponerse frenética. Tras la muerte de su padre, ella se había convertido en el cabeza de familia. Su madre, un espíritu libre que nunca había madurado de verdad, era incapaz de cuidar de sus hijos.

De modo que Annie se preocupaba por su hermano como lo haría una madre. Y cada vez que estaba preocupada, le daba por cocinar. Aquella tarde había hecho dos bandejas de galletas mientras intentaba averiguar el paradero de su hermano.

Mordiendo una galleta, echó un vistazo a la lista de lugares en los que podrían saber algo de Mike y decidió hacer una visita al restaurante de camioneros que había a las afueras del pueblo.

Pero tenía que vestirse para la ocasión. Dudaba que los camioneros quisieran darle información a una chica vestida con un peto vaquero. Aquella misión pedía a gritos algo más... atrevido. Algo como lo que solían llevar las mujeres detectives de las novelas a las que era tan aficionada.

Quince minutos después, se miraba al espejo con expresión indecisa. Los vaqueros cortos eran demasiado cortos, por eso no se los ponía nunca.

No enseñaban nada que no debieran enseñar, siempre que no tuviera que agacharse, claro. Y la verdad era que había visto mujeres con pantalones más cortos.

Y en cuanto a la camiseta rosa que dejaba al descubierto su ombligo...

No se la había puesto después de comprarla y cuando se miró al espejo pensó que había encogido en el cajón.

–Querías algo atrevido. Algo que desatara la lengua de los camioneros, ¿no? –murmuró para sí misma–. Pues con esto y con una bandeja de galletas lo conseguirás.

Aquel atuendo tan llamativo contrastaba dramáticamente con la discreta y elegante decoración de su dormitorio. Las paredes eran blancas y las cortinas de cuadros, a juego con la colcha. La única decoración eran las macetas que había por todas partes. Desde luego, no parecía el dormitorio de una mujer que se sintiera cómoda enseñando el ombligo.

Cuando salió de su casa, Annie apenas se reconocía a sí misma, pero mientras conducía hasta el restaurante se recordaba la importancia de su misión.

El olor a cebollas y cerveza asaltó su nariz en cuanto entró en el bar de camioneros, lleno de humo. Los manteles eran de plástico, igual que los cubiertos... para los que se molestaban en usarlos.

Como no había ninguna mesa libre, Annie se sentó en un taburete frente a la barra.

–¿Qué va a...? –le preguntó una joven con un lápiz detrás de la oreja–. ¡Señorita Benton, si no la había reconocido! Soy Trish Volkman, la hermana de Sam. Fue alumno suyo el año pasado y sigue diciendo que es usted su maestra favorita —sonrió la joven—. ¿Qué está haciendo aquí?

—Estoy buscando a mi hermano.

—¿A Mike? —la expresión de la chica se iluminó—. Yo no sé dónde está, pero me encantaría saberlo. Su hermano está *guay*.

—¿Que está qué?

—*Guay*. Que está estupendo —sonrió la chica, condescendiente—. Usted no sale mucho, ¿verdad?

—No. Mi hermano suele venir por aquí, ¿verdad?

—Sí —contestó Trish—. Sabe que siempre puede convencerme para que lo invite a comer.

—¿Cuándo lo viste por última vez?

—Pues... hace dos o tres semanas.

—¿Te importa si pregunto a alguno de los camioneros?

Trish se encogió de hombros.

—A mí no. Yo solo trabajo aquí. Pero, ¿por qué está buscándolo? ¿Es que ha desaparecido?

—Me temo que sí.

—¡No me diga! —exclamó la joven, a punto de atragantarse con el chicle—. ¿Ha llamado al comisario?

—Si te refieres a ese holgazán de Reno Best, la respuesta es sí. Me he puesto en contacto con él y se niega a ayudarme —contestó Annie. El recuerdo de su conversación con aquel hombre era suficiente para ponerla furiosa.

—¿Reno no ha querido hacer nada? Me extraña.

—Pues así es.
—No es que no la crea. Pero es que Reno es un tío muy majo.
—Mi hermano también. Por eso estoy tan preocupada.
—Lo entiendo —dijo la chica.
—He traído una fotografía suya. Por si alguien lo reconoce.
—De acuerdo, pero tenga cuidado con los tipos que están jugando al billar. Se han tomado un par de cervezas y están buscando bronca.
—No te preocupes. Si puedo soportar a los niños todos los días, puedo soportar cualquier cosa —sonrió Annie.
Trish no parecía tan convencida.
—Si usted lo dice.

—¿Quién puede haber hecho algo así? —demandó la señora Carruthers, con el tono severo que había usado para intimidar a una generación de estudiantes, entre ellos Reno. Retirada en aquel momento, su gran pasión era su jardín—. ¡Estoy segura de que ha sido ese horrible Dickens!
—¿El señor Dickens, su vecino?
Reno no podía imaginarse al peluquero retirado haciendo agujeros en el jardín de la señora Carruthers, pero la fiebre del tesoro parecía haber contagiado a todos los habitantes de Bliss.
—No me refiero a mi vecino, sino a su perro, que también se llama Dickens. Ese animal es tan grande como un elefante y le encanta hacer

agujeros con sus patazas. ¡Mire lo que le ha hecho a mis begonias! –gimió la señora Carruthers.

–Los agujeros son muy grandes. No puede haberlos hecho un perro –intervino Nolan, su marido.

Reno estaba de acuerdo con él.

–No ha sido un perro, a menos que lleve zapatillas de deporte –explicó, señalando una huella.

La señora Carruthers frunció el ceño.

–¿Qué clase de salvaje arrancaría mis begonias?

–Un salvaje que estuviera buscando un tesoro –contestó su marido.

–Espero que no hayas sido tú –dijo ella entonces, con gesto agrio–. A ti nunca te han gustado mis begonias.

–Yo ni siquiera tengo zapatillas de deporte –protestó el hombre–. Te digo que tiene que haber sido uno de esos locos que andan por el pueblo cargados con palas.

–¿Y por qué iba a pensar que el tesoro está debajo de mis begonias?

–¿Por qué no? Nadie sabe dónde está.

La señora Carruthers clavó su mirada en Reno.

–He oído que su familia tiene el mapa. ¿Por qué no sacan el tesoro de una vez, en lugar de permitir que la gente se vuelva loca buscando por todas partes?

–El mapa no es muy específico y las cosas han cambiado mucho desde 1880. Mi padre no ha podido descifrarlo todavía.

—Pues dígale que se dé prisa —exigió la señora Carruthers.

Después de hacer una fotografía de la huella y tomar notas sobre el tamaño, Reno y la señora Carruthers firmaron la denuncia que ella insistió en poner por la pérdida de sus queridas begonias.

—No has tardado mucho —dijo Opal cuando Reno la llamó desde el coche patrulla.

—Es el tercer jardín en cuatro días —suspiró el comisario—. Bueno, al menos hoy no hay peleas.

—Peleas, no. Pero hay un problema en Eddie's, el bar de camioneros —lo informó su secretaria—. Y parece que está involucrada cierta maestra.

—En serio, señores —estaba diciendo Annie, intentando apartarse del grupo de hombres borrachos que la acorralaba—. No me apetece jugar al billar.

—Te crees demasiado buena para nosotros ¿verdad? —demandó un hombre cubierto de tatuajes que parecía el líder del grupo. Llevaba la cabeza afeitada, dos pendientes en la oreja y un chaleco de cuero.

—Mire, yo lo único que quiero es encontrar a mi hermano —dijo Annie.

—¿Tu hermano te ha dejado solita? —rio el hombre, sentándola sobre sus rodillas de un tirón.

—¿Qué hace? ¡Suélteme, por favor!

—Nunca había estado con una chica tan refinada –sonrió bravuconamente el tatuado–. Me gustas, morena.

–Pues a mí, no –replicó ella–. ¡Suélteme!

–Dame un beso –insistió el calvo.

Annie le dio un empujón.

–Ya está bien. Me he hartado de este comportamiento tan grosero. ¡Le exijo que me suelte inmediatamente!

–Ya has oído a la señorita. Suéltala –escucharon de repente la voz del comisario. Reno parecía tranquilo, pero algo en su actitud debió impresionar al borracho porque la soltó inmediatamente y levantó las manos en señal de paz.

–Solo nos estábamos divirtiendo un rato. No le hemos hecho daño a nadie, comisario. No sabía que era suya.

Annie se colocó al lado de Reno, que la rodeó con un brazo en actitud protectora.

–Tranquila. No ha pasado nada –murmuró él cuando estuvieron fuera del local.

–¡Claro que no! ¡Usted lo ha estropeado todo!

Capítulo Tres

Reno miraba a Annie, incrédulo.
–¿Perdón?
–Ya me ha oído. Ha estropeado mi investigación –dijo ella, furiosa.
–¿Y qué estaba investigando exactamente en las rodillas de ese tipo? –preguntó Reno, irritado–. ¿El tamaño de su...?
–¿Qué? –lo interrumpió ella, retándolo con los ojos a terminar la frase.
–Si me hubiera dicho que tenía por costumbre ir a bares de camioneros, no la habría «molestado» –dijo él, exasperado.
–He venido aquí a investigar la desaparición de mi hermano.
–¿Y qué pensaba, que el calvo lo tenía escondido en el chaleco?
–Solo quería saber si alguien había visto a Mike y las cosas iban perfectamente hasta que el de los tatuajes empezó a meterse conmigo.
Reno suspiró, intentando encontrar paciencia.
–Ya le dije que se metería en líos.
–Sé cuidar de mí misma...
–Sí, ya lo he visto. Mire, señorita, lo que acaba de hacer es una estupidez.

–No lo habría hecho si cierto comisario hiciera su trabajo.

El comentario le dolió, pero Reno no quería discutir.

–Mire, parece que hemos empezado mal.
–Por decirlo suavemente.
–La mayoría de la gente piensa que soy un hombre encantador –dijo él, con una sonrisa de la que Tom Cruise se habría sentido orgulloso.

Pero Annie no cambió de actitud y Reno frunció el ceño. Sin falsa modestia, la mayoría de las mujeres se sentían atraídas por él. Pero aquella no parecía derretirse, todo lo contrario.

Annie se daba cuenta de que su actitud sacaba de quicio al comisario y una parte de ella se alegraba... por todas las mujeres a las que se decía había conquistado con una sola mirada.

Ella sabía que no era una belleza. Su madre había sido la que atraía a los hombres con un solo pestañeo y crecer al lado de una mujer tan guapa había hecho que se acostumbrara a pasar desapercibida. Si no hubiera sido porque Mike había desaparecido, nunca habría soñado con llamar la atención de Reno Best.

Llevaba en Bliss dos años y el comisario ni siquiera la había mirado. Annie dudaba que conociera su existencia, a pesar de que Bliss era un pueblo muy pequeño donde todo el mundo conocía la vida de los demás.

Y eso significaba que ella conocía bien a Reno Best y sus tretas para conquistar a las mujeres.

–Así que la mayoría de la gente cree que es usted encantador –repitió Annie, irónica–. Pues la gente se equivoca.

La sonrisa de Reno se amplió.

–Parece que voy a tener que convencerla de que es usted la que está equivocada.

–Por favor, comisario, deje de ponerse encantador –dijo ella, irritada–. Lo único que quiero es que encuentre a mi hermano.

–Y yo espero encontrarlo pronto para que cuide de usted.

–¡Yo no necesito que nadie cuide de mí!

–Una mujer que entra en un bar de camioneros con esa ropa necesita que alguien cuide de ella.

–Permita que le diga que me he vestido así deliberadamente para hacer que esos hombres se relajaran y soltaran la lengua.

–Pues permita que le diga que con esa ropa un hombre no se relaja. Todo lo contrario –replicó él.

La sonrisa de antes no la había impresionado, pero su mirada de admiración hizo que le temblaran las piernas.

Por primera vez Annie experimentaba en sus carnes el encanto de Reno Best y entendía por qué las mujeres perdían la cabeza. Con su aspecto, su seguridad masculina y el encanto sureño, el comisario era un problema y una tentación.

Aunque no se hacía falsas ilusiones. Los hombres como él no se enamoraban de mujeres como ella.

Además, Annie era suficientemente sensata como para no meterse en líos.

Mike Benton sabía que estaba metido en un lío. Y también sabía que era culpa suya.

Su hermana lo mataría. Pero tendría que esperar a la cola. Había mucha gente que quería cepillárselo. Entre ellos, su corredor de apuestas.

Había perdido todo su dinero jugando al póquer en Las Vegas y no se había atrevido a contárselo a Annie.

Y por eso había hecho lo que había hecho. Las situaciones desesperadas exigían medidas desesperadas. Y, sin duda, Mike Benton era un hombre desesperado.

Y también un hombre secuestrado.

En una cabaña en las montañas al norte de Bliss. Con dos hombres que lo tenían cautivo, pero que le daban de comer y lo trataban bien.

—¿Seguro que estás cómodo? —le preguntó Héctor, un gigante de voz profunda—. ¿Quieres que eche más leña al fuego?

—No, Héctor, estoy bien —contestó Mike—. Gracias.

—En las montañas hace frío —murmuró el hombre, frotándose las manos.

—Ya te calentarás cuando encontremos el tesoro —replicó Roger Midway, su socio. Él era el jefe de la operación. Un tipo bajito y musculoso que le recordaba a Danny De Vito. Se estaba quedando calvo, pero disimulaba peinándose un largo mechón sobre la cabeza. Roger se sentía orgulloso de sus manos, finas y de uñas limpias, y del anillo que llevaba en el meñique con el signo del dólar.

–¿Tú no tienes frío? –le preguntó Héctor.

–Llevo un jersey de cachemir. Con el cachemir no se pasa frío –contestó Roger, quitándose una pelusa del jersey–. La ropa es lo único que la vampira de mi ex mujer me ha dejado.

–Pero nuestra suerte va a cambiar –dijo Héctor–. ¿Verdad?

–Verdad. Cuando encontremos el tesoro de Curly, *El tuerto*, me haré un anillo como este, pero de diamantes –sonrió el hombre, frotándose el anillo en el jersey.

–Es Curly, *El bizco* –corrigió Mike.

–Como se llame. Yo no estoy en las cosas pequeñas; lo mío son las ideas. Fue a mí a quien se le ocurrió lo del secuestro y los detalles se los dejé a Héctor.

El gigante sacó pecho, orgulloso.

–Es verdad. Yo soy el que se encarga de las cosas pequeñas. ¿Que tienes la televisión rota? Yo te la arreglo. ¿Que no te funciona la nevera? No pasa nada. No hay un coche en todo el país que yo no sepa arreglar. Y los números también se me dan bien.

–Un hombre de muchos talentos –lo felicitó Mike.

Sí, Mike Benton era un hombre desesperado. Y no era el único. Héctor y Roger también lo estaban. Y tenían una misión: encontrar el tesoro de Curly, *El bizco*. La misión de Mike era mantenerse con vida hasta su cumpleaños, unas semanas más tarde. Por eso se le había ocurrido aquel plan.

Mientras estuviera secuestrado por Héctor y Roger, estaba a salvo del corredor de apuestas. Y, sobre todo, estaba a salvo de Sven, el prestamista de Las Vegas, el más peligroso de todos.

Héctor y Roger querían el tesoro de Curly y, mientras pensaran que Mike podía ayudarlos, no le pasaría nada.

De modo que, por el momento, era un cautivo encantado de la vida.

Mike lamentaba la situación porque sabía que su hermana estaría preocupada, pero no podía decirle dónde estaba. Sven lo estaría buscando en ese momento. Aunque el prestamista era un hombre duro como el pedernal, todo el mundo sabía que nunca le haría daño a nadie que no le debiera dinero. Y Annie no le debía nada.

—Sí, señor, fue una idea muy inteligente lo de secuestrarme —dijo Mike alegremente—. ¿A alguien le apetece echar una partida de póquer?

—Gracias por traerme —dijo Annie, nerviosa. Se sentía como una idiota por haber tenido que pedirle a Reno que la llevara a su casa, cuando su coche se negó a arrancar.

—De nada, Annie —sonrió él, tuteándola—. El chico de la gasolinera le echará un vistazo.

—No sé qué ha podido pasar. Le hice una revisión hace un mes.

¿Cómo podía haberla dejado tirada su coche? Hasta entonces nunca le había fallado. Las tormentas no lo asustaban, el barro no lo detenía. Pero aparecía Reno y su fiel coche empezaba a temblar y tartamudear.

Aunque Annie lo comprendía. Encerrada con él en el coche patrulla, había tenido que disimular su nerviosismo durante todo el camino. ¿Lo habría hecho a propósito cuando sus muslos se rozaron, cuando tocó su rodilla al encender la radio para informar de su posición?

Su posición era y seguía siendo demasiado cercana. ¿Esos roces serían un accidente o la forma de trabajar de Reno?, se preguntaba, nerviosa.

–Será mejor que me vaya –murmuró, abriendo la puerta.

–Espera un momento –dijo él, tomándola del brazo. Podía ver aquel brillo burlón en sus ojos, como si supiera que ella se sentía turbada. Como si lo supiera y estuviera encantado.

Eso solo debería haber sido suficiente para que Annie saliera del coche a toda prisa. Pero había algo más en sus ojos. Curiosidad. Reno también sentía curiosidad por ella.

¿Habría más en Reno Best de lo que se veía a primera vista? Y lo que se veía a primera vista era apabullante. El comisario tenía una de esas caras que una podía mirar durante horas. La mandíbula cuadrada, el pelo despeinado, una sonrisa que hacía que se derritiera por dentro. Y la clase de ojos en los que cualquier mujer podría perderse.

–¿La ha pillado la policía, señorita Benton? –escuchó entonces la voz de Timmy Ramírez, uno de sus alumnos, que pasaba al lado del coche en bicicleta–. ¿Por qué la han detenido?

–Por loca –murmuró ella. Tenía que estar loca para caer bajo el hechizo del comisario.

Reno lo estaba haciendo a propósito, probablemente para darle una lección. Annie recordaba la mirada intrigada del hombre cuando ella se había negado a dejarse impresionar por su encanto.

Pero la intriga no era buena cuando se trataba de hombres como Reno. Annie había aprendido eso en el instituto cuando la ridiculizaban a causa del poco convencional estilo de vida de su madre. Los rumores de que era tan ligera de cascos como ella la habían seguido por los pasillos y en las notas que algunos chicos le dejaban en su taquilla. Por eso no había salido con ninguno, aunque una parte de ella deseaba desesperadamente ser igual que las otras chicas.

Durante el último año de instituto, el capitán del equipo de fútbol, Heath Landon, de quien ella estaba prendada, le había pedido que fuera con él a la fiesta de fin de curso. Annie lo rechazó pero él, intrigado, la había llamado todos los días durante una semana hasta que había logrado convencerla. Parecía tan sincero. Por primera vez en cuatro años Annie pensó que alguien se interesaba realmente por ella. Hasta que el día de la fiesta había oído a Heath reírse con sus amigos porque había ganado la apuesta. Había conseguido que fuera con él.

Desde entonces no le gustaban nada los hombres guapos. Ni las apuestas.

Los hombres con los que solía salir eran hombres normales, incluso menos que normales. Algunos podrían ser descritos incluso como un poco feos. Hombres con los que se sentía segura.

Pero no había nada seguro en Reno Best.

¿Sería por eso por lo que se sentía atraída hacia él? ¿Porque representaba una fantasía? Quizá era el uniforme, pensaba... aunque el uniforme consistía en una camisa blanca y pantalones vaqueros. O quizá sería la placa. ¿Estaría buscando una figura paterna, autoritaria?

Estaba dándole demasiadas vueltas, decidió, abriendo la puerta con firmeza.

–Espera un momento –insistió Reno–. Antes de que te vayas, quiero que me prometas que no vas a volver a hacer una tontería.

¿Una tontería? ¡Eso era! ¡Estaba haciendo tonterías! Por su culpa. Y aquello tenía que terminar.

–Nunca me repito, comisario –lo informó ella dulcemente, antes de salir del coche.

Capítulo Cuatro

–Ya sé que es tu cuñado –le estaba diciendo Annie a su amiga Tracy por teléfono–, pero ¿no crees que debería haberse tomado la desaparición de mi hermano con un poco más de seriedad?

Annie se había hecho amiga de Tracy cuando, como juez del concurso gastronómico, había sido una de las que dieron el premio a su mermelada de frambuesa y mora. No había sido por agradecimiento, sino porque había tenido el valor de insistir en que su mermelada era mejor que la de la señora Battle, ganadora del premio durante décadas.

Para Annie, el incidente era un ejemplo del valor y la sinceridad de Tracy, una mujer que había dejado atrás su trabajo como ejecutiva de una empresa de publicidad en Chicago para empezar desde cero en Bliss.

Annie también se había enamorado de Bliss a primera vista. La conexión que había sentido con aquel pueblo tranquilo rodeado por montañas había sido instantánea e intensa. Pero ella no era el tipo de persona que toma decisiones importantes sin meditarlas y, antes de decidirse a aceptar el puesto de profesora de primaria, había preferido ser la maestra suplente durante un año. Después, una vez convencida de que era allí donde quería vivir, había firmado un contrato indefinido con el colegio. El control y la precaución eran importantes para ella por el ambiente caótico de su infancia, con sobresaltos y cambios continuos.

Le gustaba ser precavida y actuar de esa forma la hacía sentir que controlaba su vida. Por eso había tardado un año en decidir si quería quedarse a vivir en Bliss.

La gente del pequeño pueblo la había aceptado inmediatamente como una más de la comunidad y, después de sus malas experiencias en Iowa, era agradable estar en un sitio en el que nadie la juzgaba por el comportamiento de su madre. En Bliss, Annie solo era conocida por sus propios méritos.

–No sé si Reno debería haberse tomado la desaparición de tu hermano con más seriedad, pero es que Reno nunca hace lo que se espera de él –le contestó Tracy–. Una vez le ofrecí trabajar como modelo para una campaña de vaqueros, un trabajo de un par de días, y él me dijo que prefería irse de pesca.

–No me sorprende –murmuró Annie, colocando las piernas sobre el brazo del sofá–. Ese hombre me va a volver loca.

–Desde luego, ir a ese bar de camioneros no fue precisamente la mejor idea del mundo. Deberías haberme pedido que fuera contigo.

Annie soltó una carcajada.

–Sí, claro. A tu marido le habría encantado.

–Los hermanos Best son un poco anticuados, pero también son personas razonables. Normalmente, ceden cuando uno ya ha perdido la esperanza –bromeó Tracy–. Y entonces hacen un gran gesto y se te derrite el corazón.

Annie recordaba cómo Cord Best se había puesto de rodillas delante de todo el pueblo un año antes, el día de la fiesta de Bliss, para declararle su amor a Hailey Hughes, su vecina. Y Tracy le había contado cómo Zane se había subido a un árbol para decirle que la amaba cuando ella se había negado a escucharlo.

Pero Tracy era una rubia guapísima y Hailey una chica llena de pasión. Las dos mujeres eran de armas tomar.

Annie no se veía a sí misma de esa forma. Todo lo contrario. Se veía como una persona que pasaba desapercibida, alguien que solía ser descrita como «simpática» o «mona».

Desde luego, no era la clase de mujer que dejaba impresionados a la gente.

A menos que estuviera en su clase. Allí se sentía en su salsa. Pero ni siquiera impresionaba a los niños. La obedecían porque les caía bien. Annie le caía bien a todo el mundo. Pero no era una gran belleza, ni una mujer de carácter.

Y a ella no le había importado nunca. Hasta aquel momento.

–¿Quieres que hable con Reno? –le preguntó Tracy.

–¿Crees que serviría de algo?

–Lo dudo. Pero puedo intentarlo si quieres.

–No –suspiró Annie–. Tengo que solucionar esto yo misma.

–Quieres mucho a tu hermano, ¿verdad?

–Prácticamente lo crié yo –explicó Annie.

–Nunca hablas de tu vida antes de llegar a Bliss, ni de tus padres –observó Tracy entonces–. ¿Murieron cuando eras pequeña?

–Mi padre murió cuando yo tenía catorce años y mi hermano, siete –contestó Annie–. Era profesor de instituto. Cuando murió, alguien tenía que ocupar su lugar como cabeza de familia y me tocó a mí.

–¿Y tu madre?

–La quiero mucho, pero es una mujer muy inmadura. Excéntrica, un poco loca, un espíritu libre, ya sabes. Encantadora, pero incapaz de criar a dos hijos –explicó Annie, recordando cuántas veces su hermano y ella se habían ido a la cama sin cenar–. Era un desastre con el dinero. Organizó una comuna de artistas, pero luego le daba pena pedirles el dinero del alquiler. Una vez se enamoró de un chico, un pintor veinte años más joven que ella, y decidió que teníamos que, a partir de entonces, teníamos que llamarla *Brisa del mar* –añadió, sonriendo–. Mi madre tiene un estilo de vida poco convencional y la gente de Cedar Rapids no estaba preparada para eso.

–¿Cuándo la has visto por última vez?

–Hace años. Pero suele escribir cada dos o tres meses. Lo último que sé de ella es que estaba en el Tíbet. Se fue allí con su instructor de yoga.

–¿Y no es posible que Mike haya ido a buscarla?

–No. Mike ni siquiera tiene pasaporte –suspiró Annie.

–No sé qué decirte. ¿Qué puedo hacer?

–Nada. Ya haces suficiente con escucharme.

–Favor por favor. Tú me enseñaste a cocinar. Y ni siquiera te reíste de mí cuando quemé los huevos.

–Entonces no tenías experiencia.

–Y tú hacías que las clases de cocina fueran divertidas. Por eso eres tan buena profesora, porque haces que aprender sea una aventura. Mis niños te siguen queriendo mucho.

Rusty y su hermana gemela Lucky, los hijos de su marido, eran famosos por sus travesuras cuando Tracy llegó a Bliss, pero ella había descubierto que las travesuras escondían una enorme tristeza. Después de casarse con Zane se había tomado su trabajo de madre con mucha seriedad y la tristeza de los niños se había terminado. Aunque no todas las travesuras.

–Sí, la verdad es que Rusty y Lucky también son muy especiales para mí –confesó Annie.

–¿Cuándo vas a venir a vernos? –preguntó Tracy entonces–. ¿Por qué no vienes a cenar mañana por la noche?

–No sé...

–Tengo la impresión de que temes encontrarte con Reno –rio su amiga, astutamente–. ¿No irás a dejar que mi cuñado te aleje de tus amigos?

–Para nada.

–Me alegro. Entonces, nos vemos mañana.

Después de colgar el teléfono, Tracy se volvió hacia su marido.

–¡Me parece que el último de los solteros Best está a punto de morder el polvo!

Cuando sonó el timbre, Annie pensó que sería Al, el encargado de la gasolinera, que la había llamado unos minutos antes para decir que iba a llevarle el coche. Cuando le había preguntado qué le pasaba, el hombre había murmurado algo sobre unos cables y unos fusibles, pero había insistido en no cobrarle nada.

–Gracias, Al... –empezó a decir, mientras abría la puerta. Pero el hombre que estaba en el porche no era Al. El extraño tenía el pelo rubio y parecía un boxeador–. Ah, perdón, creí que era...

–Estoy buscando a Mike –dijo el hombre, con acento escandinavo.

–¿Quién es usted?

–Un amigo. ¿Está su hermano en casa?

–¿Y cómo sabe que Mike es mi hermano? –preguntó Annie, presintiendo que aquel hombre no tenía buenas intenciones.

–Porque él me habló de su guapísima hermana.

–Mi hermano no está aquí –dijo Annie, suspicaz.

–¿Y cuándo volverá? Es muy urgente que hable con él.

–¿Dónde ha dicho que conoció a mi hermano?

–Tenemos amigos comunes. Pasaba por aquí y he pensado venir a visitarlo.

–¿Y de dónde es usted? –insistió ella, incrédula.

El hombre la miró de arriba abajo. Su expresión había dejado de ser amistosa.

–Dígale a su hermano que lo estoy buscando. Le dejaré mi tarjeta. Si sabe algo de él, llámeme. Será mejor para todos –dijo el gigante rubio, volviéndose con una agilidad sorprendente para un hombre de su envergadura.

–Oiga... –empezó a decir Annie, mirando la tarjeta. En ella estaba escrito un nombre y un número de teléfono–. ¡Espere un momento! ¿Por qué está buscando a mi hermano?

–Dígale simplemente que lo estoy buscando. Y que se le acaba el tiempo.

A Annie no le hizo ninguna gracia la última frase y, antes de cerrar la puerta, tomó nota mental del número de matrícula del BMW negro. Pero cuando iba a buscar las llaves de su coche para seguirlo, se dio cuenta de que Al aún no se lo había llevado.

En ese momento, volvió a sonar el timbre. Aquella vez tenía que ser el empleado de la gasolinera.

–Cuánto me alegro de...

De nuevo se había equivocado. Era Reno.

–¿Te alegras de verme? Qué raro –bromeó él–. Te he traído el coche porque Al tenía mucho trabajo... –Annie no lo dejó terminar. Tomó las llaves que él tenía en la mano y salió corriendo–. ¡Espera! ¿Dónde vas con tanta prisa?

—A buscar a un tipo que ha venido preguntando por mi hermano —contestó ella. Inmediatamente se arrepintió. No debería haberle contado aquello al comisario.

—¡Un momento! —dijo Reno entonces, tomándola del brazo. Aquello se estaba convirtiendo en una costumbre. Una mala costumbre.

—¡Suéltame! Se me va a escapar.

—¿Qué tipo? —preguntó él, sin moverse.

—No es asunto tuyo —contestó Annie, intentando soltarse.

—O sea, que ha venido un tipo buscando a tu hermano y tú vas a seguirlo, ¿no es eso?

Annie lo miró con los ojos brillantes. De nuevo, él se interponía en su camino. Ella no era tonta, no pensaba enfrentarse a ese Sven. Solo quería seguirlo para ver dónde iba.

—¡Estupendo! ¡Has vuelto estropearlo todo... otra vez! —exclamó, volviendo a subir los escalones del porche.

Reno entró tras ella en la casa sin esperar que lo invitara.

—¿Ya se te ha olvidado lo que pasó el otro día cuando decidiste jugar a los detectives? ¿Tienes idea de lo vulnerable que es una mujer? Deja que te lo demuestre —dijo Reno, tomándola con fuerza del brazo. Annie reaccionó instintivamente, usando una maniobra que había visto en la televisión y que consistía en doblar los dedos del atacante hacia atrás. Pero en cuanto pensó que iba a hacerle daño, lo soltó—. Gran error. No tienes corazón para este tipo de trabajo.

La discusión había creado una poderosa tensión sexual entre ellos. Reno la seguía teniendo apretada contra su pecho y ella lo miraba sorprendida, con los labios entreabiertos. Era una tentación irresistible. Annie no tuvo tiempo de reaccionar antes de que él la besara.

A pesar de lo furioso de su gesto, no había ninguna furia en aquel beso. Y ella era una anhelante víctima de la seducción del hombre. ¿Víctima? Todo lo contrario. Annie aprendía rápidamente, pasando por primera vez de maestra a alumna.

Reno la obligó a abrir los labios, convenciéndola de que habría placeres sin fin si lo obedecía. Y, por una vez, él tenía razón. Aquel hombre sabía besar. Sabía cómo aprovecharse de su fuerza, cómo apartarse cuando era el momento, dejándola anhelante...

Reno Best la había aprisionado con su telaraña de encanto y una vocecita dentro de su cerebro le decía que era una tonta, que un hombre como Reno solo besaría a una mujer como ella para probar que tenía razón. Pero aquella vocecita pronto fue ahogada por el placer que los labios del hombre la hacían sentir. Annie nunca había sido besada con tanta pasión, con tanta habilidad, con tanto... todo. Gemía entre los brazos de Reno mientras él mordía eróticamente su labio inferior, sin dejar de acariciar su espalda. Después, como si fuera lo más normal del mundo, empezó a desabrochar los botones de su blusa. El roce de los dedos masculinos en una parte tan delicada de su anatomía la excitó tanto que Annie se apartó de un salto, con el corazón desbocado.

Reno estaba más despeinado de lo habitual, seguramente porque ella había enredado los dedos en su pelo. Se había portado como una loca, pensaba, mientras se llevaba las temblorosas manos a los labios, como para comprobar que seguían en su cara y no pegados a los de él.

¿En qué había estado pensando? Había respondido como una mujer deseosa de sexo, como lo habría hecho su madre, sin reflexionar. Pero ella no era la clase de mujer que atraía la atención de hombres como Reno Best.

Él estaba furioso y había querido darle una lección, eso había sido todo. No se sentía atraído hacia ella.

Pero cuando lo miró a los ojos, le sorprendió ver una expresión de deseo y sorpresa.

—Lo siento —murmuró Reno—. No debería haber hecho esto.

—¡Desde luego que no! —exclamó Annie.

—Pues no parecía que a ti te disgustara —replicó el comisario.

—Me has pillado desprevenida —fue todo lo que ella supo decir. Annie hizo una mueca de disgusto ante la tonta excusa, pero no estaba preparada para su franqueza, igual que no había estado preparada para que la besara hasta dejarla sin aliento.

—La próxima vez te avisaré con tiempo —sonrió él.

—No va a haber próxima vez —dijo Annie, muy

digna–. Pero si quiero conseguir información sobre el paradero de mi hermano, no vuelvas a ponerte en mi camino.

–¿Si te prometo ayudarte a buscar a tu hermano, me prometes no hacer de detective? –preguntó Reno entonces.

–Pero...

–No hay peros –la interrumpió él, poniendo un dedo sobre sus labios–. Quiero que me lo prometas.

–¿Es que tu madre no te ha enseñado que uno no siempre consigue lo que quiere?

–No recuerdo a mi madre. Murió cuando yo era un niño –contestó Reno–. ¿Me lo prometes?

–Lo prometo –accedió ella, pensando que lo único importante era encontrar a Mike.

–Me alegro. Y ahora cuéntame qué sabes.

–Pues... he hecho un mapa con los sitios en los que mi hermano ha estado últimamente. Ven, te lo enseñaré –dijo Annie, dirigiéndose al salón, que había convertido en su centro de operaciones.

Sobre la mesa tenía el mapa del que había hablado y un cuaderno en el que anotaba las fechas en las que la gente a la que había entrevistado había visto a su hermano, además de un montón de papeles que estaba estudiando para buscar posibles localizaciones. Reno miró la mesa, impresionado.

–Es que leo muchas novelas de misterio –explicó ella, con una sonrisa.

–Quizá deberías ser tú mi ayudante en lugar de Barney –bromeó él.

–Creí que habías dicho que no tenía corazón para este tipo de trabajo.

–Claro que tienes corazón. De eso no tengo ninguna duda.

Pero ella sí tenía dudas. No sabía en qué se estaba metiendo. Una cosa era pedirle ayuda a Reno para que encontrara a su hermano y otra muy diferente trabajar con él, estar a solas con él...

Pero Annie se negaba a dejarse amedrentar. Daba igual que se le doblaran las rodillas cada vez que lo miraba; sencillamente, tendría que tener más cuidado. Pronto, él se cansaría de coquetear con ella y buscaría una presa más fácil. Además, tenía que encontrar a su hermano. Aunque para eso tuviera que trabajar codo a codo con Reno Best.

–He memorizado la matrícula de ese Sven –dijo Annie entonces, anotando el número en un papel.

–¿Y quién es Sven?

–No lo sé. Pero está buscando a Mike y ha dicho que sería mejor que lo llamara porque no quedaba tiempo –explicó ella–. A mí eso no me ha sonado nada bien.

–A mí tampoco.

–Por eso iba a seguirlo.

–Mal hecho. Lo mejor es que yo compruebe los datos de la matrícula.

–Ha dejado una tarjeta, pero solo tiene su nombre de pila y un número de teléfono.

–Dámela –dijo Reno.

Annie dudó un momento. No le importaba

que comprobase la matrícula, pero quería conservar el número, por si acaso podía sacarle información a ese Sven.

Después de todo, ella era una hábil interrogadora. Alguien que podía conseguir que Jimmy Ramírez admitiese que había soltado al hamster de la clase, podía sacarle información a cualquiera. No era tan buena como Geraldine, la encargada de la oficina de correos, pero tampoco era una principiante.

De modo que, en lugar de darle la tarjeta, le dio un papel para que anotara el número de teléfono. Reno no parecía entusiasmado, pero no discutió.

Cuando Annie llegó al rancho de los Best al día siguiente, Buck estaba en el jardín, asando chuletas con su famosa salsa barbacoa y Hailey, la cuñada de Tracy, acababa de llegar con un pastel de cerezas.

–He traído galletas de cacahuete y una ensalada con verduras de mi huerto. ¿Dónde quieres que lo ponga? –preguntó Annie.

–Donde puedas –contestó Tracy–. ¿La ensalada tiene esos tomates pequeños que tanto me gustan?

–Claro.

Alguien tiró de la falda de su vestido y cuando Annie bajó la mirada se encontró a Rusty y Lucky mirándola muy sonrientes.

–Nosotros hemos pelado las judías –dijo el niño, orgulloso.

—¿Les habéis cortado el pelo? —bromeó su profesora.

Los dos niños soltaron una carcajada antes de salir corriendo para contárselo a su abuelo.

Tracy los miraba jugar desde la ventana.

—A veces me resulta difícil creer que vivo en un rancho —dijo, sonriendo.

—¿Echas de menos tu vida en Chicago? —preguntó Annie.

—No —dijo Tracy—. Sigo haciendo algunos trabajos de publicidad desde aquí, pero el trabajo ya no lo es todo en mi vida. Ahora eso es cosa de Zane —sonrió, al ver entrar a su marido.

—¿Qué es cosa mía? —preguntó su marido, pasándole un brazo por los hombros.

—Hacer que mi vida tenga sentido —contestó ella, con una sonrisa que habría podido iluminar todo Denver.

—Lo mismo digo, cariño —murmuró Zane.

—Eres un zalamero —sonrió Tracy, dándole un golpecito cariñoso en la espalda.

—Yo no. Reno es el zalamero de la casa —protestó Zane.

—Pero mi marido lo superó el año pasado —intervino Hailey al ver entrar a Cord en la cocina—. Todavía me dan ganas de llorar cuando recuerdo cómo se puso de rodillas delante de todo el pueblo para decirme que me quería.

—A mí también me dan ganas de llorar —dijo Cord—. De pánico.

—Las multitudes no se le dan bien —rio su mujer.

—Ni los mimos —añadió Cord, desmintiendo

sus palabras con un beso tan lleno de pasión que Annie hubiera jurado que echaban humo.

Un segundo después, se dio cuenta de que el humo salía del horno.

−¡Que se queman las patatas! −exclamó Zane, abriendo el horno.

−¡Maldita sea! −exclamó Tracy−. Se me ha olvidado darles la vuelta.

−Es culpa nuestra. Te hemos distraído −intervino Hailey−. ¿Podemos ayudarte en algo?

−Lleva la ensalada de Annie al comedor antes de que también me la cargue −sonrió su cuñada.

−¡Las chuletas están listas! −anunció Buck, desde el jardín.

−Parece que llego justo a tiempo −dijo Reno, entrando en ese momento.

Tracy lo miró, sorprendida.

−¿Qué estás haciendo aquí?

−Vengo a cenar. No gracias a ti, por cierto −contestó Reno, mirando a su cuñada con reprobación−. Menos mal que Geraldine me ha dicho que esta noche había chuletas.

−Te juro que esa mujer lo sabe todo −murmuró Zane.

−Lo único que no sabe es dónde está mi hermano −dijo Annie.

Capítulo Cinco

La cena no fue tan tirante como Annie había pensado. Reno hizo lo imposible por ser simpático. O quizá él era así de forma natural.

Aquella noche llevaba una camiseta negra que resaltaba sus ojos verdes y los vaqueros se pegaban a sus piernas como si fueran una segunda piel.

Annie no se fijaba tanto en lo que decía como en la actitud con su familia. Zane tenía opiniones firmes sobre las cosas y Cord siempre le llevaba la contraria, mientras Reno se movía entre uno y otro con la habilidad de un bailarín.

–Vamos, chicos, no estáis hablando del fin del mundo –intervino Tracy–. Estáis hablando de fútbol.

Tres pares de ojos se volvieron hacia ella, horrorizados.

–El destino de los Broncos de Denver es más importante que el destino del mundo –informó Zane a su mujer solemnemente.

–Creo que eso lo enseñan ahora hasta en primaria –bromeó Reno–. ¿Verdad, Annie?

¿Cómo hacía eso?, se preguntaba ella. Siempre conseguía incluirla en la conversación, se tratara del tema que se tratara. Eso tenía que ser un don. Y seguro que lo había usado con más mujeres de las que podía contar.

–A mí no me gusta el fútbol –dijo Annie. Los hombres la miraron con gesto de sorpresa–. Es que no me gusta.

–Y parecía una chica tan maja –suspiró Buck.

–A mí tampoco me gusta el fútbol –dijo Lucky, para defender a su maestra.

–A mí tampoco –dijo Hailey.

–A mí no me disgusta, pero estoy con las chicas. Y puedo decir honradamente que los Broncos no son lo más importante del mundo –intervino Tracy, haciendo después una pausa–. Lo más importante del mundo son los Bulls de Chicago.

Una acalorada discusión sobre los méritos del fútbol y el baloncesto siguió al comentario y Annie se dio cuenta de que todos lo estaban pasando bien.

Su situación familiar había sido muy diferente. Con una madre que vivía en su propio mundo, era difícil mantener una conversación sin terminar hablando del cielo y las estrellas. Por eso, Mike y ella habían formado un lazo tan fuerte.

–Un momento –pidió Reno, mirando a Annie como si hubiera adivinado que estaba pensando en su hermano–. Deberíamos hablar sobre cosas más intelectuales, en honor de nuestra invitada. ¿Qué cosas le interesan a una profesora de primaria?

–Las capitales –dijo Rusty–. Yo voy primero. Alabama capital...

–Montgomery –contestó su hermana inmediatamente.

–¡Iba a decirlo yo! –se quejó el niño.

–En el cole no lo hacemos así –replicó su gemela–. El que dice el estado no dice la capital.

–¿Has hecho que los niños memoricen las cincuenta capitales, Annie? –preguntó Reno, con una expresión que podría definirse como adorable.

–A tus sobrinos les encanta la geografía –explicó ella.

–Sabemos leer los mapas. Por eso, cuando vimos el mapa de Curly, *El bizco*... –el niño se tapó la mano con la boca, dándose cuenta de lo que acababa de decir.

–¿Cuándo habéis visto el mapa? –preguntó Buck.

–Tú nos lo enseñaste, abuelo –dijo Lucky, con un pestañeo que, sin duda, volvería locos a los hombres diez años más tarde.

–Yo no os he enseñado el mapa –dijo Buck–. A mí eso no «me se» habría olvidado. No estoy senil.

–No se dice «me se», abuelo. Se dice «se me». ¿A que sí, señorita?

–Soy demasiado viejo como para preocuparme de esas cosas, pero debería haberos vigilado más de cerca. ¿Cuándo habéis visto el mapa? –insistió Buck, poniéndose serio.

–Pues... te vimos en tu despacho con el telescopio que nos regalaste en Navidad –confesó por fin Lucky.

–Se veía muy bien –añadió Rusty.

–No le habréis dicho lo del mapa a nadie, ¿verdad?

–Solo a Jimmy Ramírez –contestó el niño–. Y él nos prometió que no se lo contaría a ninguno.

–A nadie –corrigió Reno–. Bueno, eso aclara las cosas. Ahora ya sabemos cómo se ha enterado la gente de lo del mapa.

–Pero Timmy nos dijo que guardaría el secreto –se quejó el pobre Rusty.

–El hermano mayor de Timmy ha estado vendiendo su propia versión del mapa. Por supuesto, una versión falsa –informó Reno, mirando a los demás–. Por eso la gente se ha vuelto loca.

–No se puede confiar en los hombres –murmuró Lucky, sacudiendo tristemente la cabeza. Su padre la miró, sorprendido–. Eso es lo que dice mamá cuando entras en la cocina con las botas manchadas de barro.

–Ah, vaya –dijo Zane.

–Yo no fui la que compró el telescopio –replicó su mujer.

–Ya es demasiado tarde para señalar a nadie con el dedo –suspiró Reno.

–Además, es de mala educación señalar a la gente –intervino la bien educada Lucky.

–¡Qué tonta eres! –le espetó su hermano.

–¡Y tú, un mierdoso!

–¡Mierdosa tú!

–Esas cosas no se dicen en la mesa –los regañó su abuelo.

–Pero si nos lo enseñaste tú, abuelo.

-¿Ah, sí? -rio Zane.

-¿Es que nadie va a sacar el postre? -preguntó Buck para cambiar de conversación.

-Tenemos galletas de cacahuete y pastel de cerezas. ¿Alguien quiere? -dijo Hailey.

Después de cenar, Reno se acercó a Annie.

-Tenemos que hablar. A solas -le dijo, poniendo la mano sobre su hombro.

Hacía fresco en el porche y Annie sintió un escalofrío.

-Toma -dijo Reno, dándole su chaqueta vaquera. El calor del hombre que había quedado en la prenda pareció envolverla.

-Gracias -dijo ella, mirando al cielo-. Me encanta mirar las estrellas. Cuando era pequeña, mi padre solía decirme que cada una es la vela de un ángel iluminando la oscuridad para que los niños no tengan miedo. Y también me enseñó el nombre de las constelaciones. La osa mayor...

-Yo quería llamar al rancho *La osa mayor*, pero mi padre no me lo permitió. Fue durante mi época de rebelde.

-¿Que ha terminado ayer? -bromeó ella.

-¿Quién ha dicho que haya terminado? ¿Es que ya no parezco un rebelde?

-Además de encantador, ¿también quieres ser un rebelde?

-Cord es más rebelde que yo -admitió Reno-. Él no fue a la universidad y está decidido a vivir la vida como él quiere.

-Tú tampoco pareces alguien que se conforme con lo que la vida le ofrece.

–La verdad es que no me gusta seguir órdenes. Prefiero darlas.

–¿Por eso te hiciste comisario de policía?

–¿Por eso te hiciste tú maestra?

–No.

–Yo tampoco. Pero me gusta mantener el orden.

Annie lo sabía todo sobre el orden. El orden, el control, la tranquilidad, cosas que ella valoraba. No podía tener eso en clase durante todo el tiempo, pero sí en su propia casa. Después de tantos años caóticos con su madre, le gustaba que todo a su alrededor fuera lo más ordenado posible. La decoración minimalista de su casa le aseguraba que todo estaría siempre en su sitio. Quizá no todo en su vida estaba en orden, pero desde luego el cajón de su ropa interior era un ejemplo de organización.

Pensar en el cajón de su ropa interior delante de Reno hizo que se pusiera colorada como una quinceañera. Quizá porque tenía puesta la chaqueta de él, que olía a aire fresco y a un jabón masculino.

–Tengo información sobre la matrícula que me diste ayer –dijo entonces Reno, poniéndose serio.

–¿Y?

–No te va a gustar lo que he descubierto.

–Dime qué es.

–El coche está registrado a nombre de Sven Erickson, de Las Vegas, Nevada. Según el informe, es un hombre de negocios, pero la policía de Las Vegas me ha dicho que, en realidad, es un prestamista. Gana dinero prestando dinero a un interés altísimo a través de varios corredores de apuestas.

–¿Apuestas? –repitió Annie, horrorizada. Mike le había prometido no volver a jugar después de que ella tuviera que sacarlo de un apuro la última vez.

–¿Tu hermano tiene un problema con el juego?

–Tuvo un problema hace algunos años –contestó ella, a la defensiva–. Pero, desde entonces, no había vuelto a jugar.

–Eso te ha dicho a ti.

El comentario le dolió en el alma. ¿Sería eso por lo que Mike había desaparecido? ¿Habría vuelto a meterse en líos y tenía miedo de decírselo?, se preguntaba. Sus ojos se llenaron de lágrimas.

–Mike tiene problemas y no se ha atrevido a pedirme ayuda.

Reno no era como sus hermanos, que se asustaban si veían llorar a una mujer y, sin embargo, ver llorar a Annie lo turbaba de forma increíble.

Las palabras de consuelo, que siempre parecía tener a mano, le fallaban en aquel momento. No sabía qué decir.

¿Qué tenía aquella mujer que lo afectaba tanto? El día anterior había actuado como un hombre de las cavernas, besándola como un loco sin pedirle permiso. Él no era así. Y aquella noche... sus lágrimas hicieron que sintiera un nudo en la garganta. Le estaba pasando algo muy raro. Reno la tomó de la mano para sentarla en el balancín y estaba a punto de abrazarla cuando alguien lo atrapó con un lazo.

−¿Qué demonios...?

Cuando se volvió, su sobrino lo miraba con cara de enfado.

−La has hecho llorar −lo acusó Rusty.

−Yo no he sido. Díselo, Annie −protestó Reno.

−Dame la cuerda, Rusty −dijo ella, secándose las lágrimas. Rusty dudó un momento y después subió los escalones del porche para dársela−. Gracias. Y ahora, vuelve dentro. Lo tengo todo bajo control.

El niño hizo lo que le pedía, pero cuando Reno intentó quitarse la cuerda, Annie apretó el nudo con fuerza.

−Un momento, vaquero. Aún no hemos terminado.

−Oye, que yo no tengo la culpa...

−Te dije que mi hermano había desaparecido y tú no me hiciste ni caso.

−Si me hubieras dicho que Mike tenía un problema con el juego, habría hecho algo −replicó él.

−Tú eres el que tiene el problema. Ya te has hecho tu composición de lugar y no quieres escuchar a nadie.

Reno se echó hacia atrás y, de un tirón, consiguió colocarse a Annie sobre las rodillas.

−No me gustan las mujeres que quieren volverme loco.

Sentada sobre los fuertes muslos de Reno,

con su boca tan cerca, Annie no podía pensar. Sentía el aliento del hombre en su boca y, un segundo después, él chupó sus labios en un gesto que la dejó temblando.

Su leve suspiro lo animó a repetir la caricia y, cuando por fin tomó su boca, Annie estaba a punto de estallar. El beso era aún más apasionado porque él no podía abrazarla y tenía que concentrarse en morder sus labios delicadamente o jugar con su lengua.

Pero Annie sí tenía los brazos libres y los enredó alrededor de su cuello, apretándose contra él...

–¡Mamá, el tío Reno está haciendo cosas en el porche otra vez!

Annie se levantó de un salto y se apartó unos pasos. Solo cuando escuchó un golpe se dio cuenta de que seguía sujetando la cuerda y había arrastrado a Reno al suelo.

Cuando Tracy abrió la puerta y se encontró la estampa, no pudo evitar una carcajada.

–Muy típico de los hermanos Best. O se arrodillan o se tiran a los pies de una mujer.

–Ella me ha tirado –dijo Reno indignado, quitándose la cuerda y levantándose de un salto.

–Tengo que decirte una cosa, Annie –siguió Tracy la broma–. Es la primera vez que veo a una mujer atar literalmente a un hombre. Aunque a muchas nos gustaría.

–Yo no lo he atado –dijo Annie, modesta–. Fue Rusty. Yo solo estaba intentando hacerlo entrar en razón.

–¿Ah, sí? ¿Y ha funcionado?
–Lo dudo. Pero quizá deberías preguntarle a él.
–Vale –sonrió Tracy, volviéndose hacia su cuñado.

Reno levantó una mano en señal de protesta.
–No pienso decir nada.
–A ti no te gusta mucho hablar, ¿verdad? Pero lo de besar en los porches de la gente se te da muy bien –dijo Annie.
–No es mi sitio favorito –replicó él, burlón.
–Me gustaría mucho quedarme para que me contaras cuál es tu sitio favorito, pero tengo que irme –dijo Annie entonces, irritada. Más consigo misma que con Reno. Ella era una mujer sensata, pero cuando aquel hombre estaba cerca se convertía en una quinceañera.

La fruta prohibida siempre sabía mejor, pensaba. Quizá era el momento de dejar de pelearse con Reno e investigar la química que parecía haber entre ellos.

La idea apareció en su cabeza de repente, sorprendiéndola.

–¿Qué piensas hacer? –preguntó Reno entonces.
–¿Hacer?
–No pensarás hacer alguna otra tontería, ¿verdad?

Annie suponía que la idea de hacer el amor con él podía ser considerada una tontería.

–¿No crees que deba hacer ninguna tontería?
–No al menos que la hagas conmigo –contestó él.

Aquello empezaba a ser muy raro. Reno no podía saber lo que estaba pensando... ¿o sí?

–No voy a hacer ninguna tontería... esta noche –le prometió.

Mientras volvía a su casa, Annie iba pensando en lo de explorar la atracción que sentía por Reno. Era una decisión importante, una que no podía tomar a la ligera y lo sabía bien. Igual que sabía, debido a la azarosa vida de su madre, lo peligroso que era abandonarse a las pasiones.

Pero, ¿cómo podía controlar la debilidad que sentía cuando estaba al lado de aquel hombre? La besaba y ella se incendiaba.

Mientras miraba por la ventanilla los árboles quemados a los lados de la carretera, se le ocurrió una idea. Los incendios del bosque se controlaban con cortafuegos. Eso sería hacer el amor con Reno. Un cortafuegos. Ella tomaría la decisión, no sería seducida por él en un momento de debilidad arriesgándose a ser consumida por las llamas de una pasión descontrolada.

El plan tenía sentido. Acostarse con él parecía una forma lógica de cortar aquello de raíz, dada la forma que él tenía de desarmarla.

Por otro lado, también tenía riesgos. El riesgo de enamorarse, de que le gustase tanto hacer el amor con él que no quisiera parar nunca. O el riesgo de que ella no supiera qué hacer y se quedara quieta como una novicia.

Pero eso no ocurriría. Si con un solo beso había conseguido que le diera vueltas a la idea de irse a la cama con él... Y para Annie, eso era algo importante. Tremendamente importante.

Quizá la angustia por la desaparición de su hermano estaba haciéndola perder la cabeza, pensaba. Y, aunque estaba muy preocupada, no sentía pánico porque algo dentro de ella le decía que Mike estaba bien. Por el momento.

Pero no podía ser bueno que ese Sven estuviera buscándolo. Quizá debería llamarlo e intentar sacarle información.

Pero, ¿qué podría decirle él? ¿Que Mike le debía dinero? Eso ya se lo imaginaba. La cuestión era que Sven tampoco sabía dónde estaba su hermano.

De modo que Annie no conocía el paradero de Mike y tampoco sabía qué hacer con Reno. Solo sabía lo que se sentía tentada de hacer.

Capítulo Seis

Varios días después, Annie seguía sin saber nada de su hermano y sin tomar una decisión sobre Reno. Cada vez que él la llamaba por teléfono, su corazón daba un vuelco. Las primeras veces se decía que era porque esperaba noticias de Mike, pero después tuvo que admitir que le gustaba escuchar su voz.

La voz ronca de Reno Best era muy expresiva y a menudo llena de humor, sobre todo cuando le contaba anécdotas de Bliss. Estaba claro que le gustaba el pequeño pueblo y su trabajo, aunque a veces lo volviera loco.

Y, además, su voz era tan erótica...

–Annie, guapa, que hay gente en la cola –escuchó la voz de Geraldine Winters, la cotilla del pueblo.

Parpadeando, Annie se dio cuenta de que era su turno en la ventanilla.

–Perdona –se disculpó, acalorada–. Necesito sellos.

–¡Dale un beso! ¡Dale un beso! –el loro de Geraldine empezó a gritar entonces.

Annie volvió a ponerse colorada. ¿También el loro podía leer sus pensamientos? Aquel pueblo era peligroso.

–Calla, Cartero –lo regañó Geraldine–. Desde que ocurrió lo de Cord y Hailey, Cartero no deja de decir esa tontería. Antes solo decía cosas referentes a la oficina. Yo escribí para que vinieran los del Guinness, pero no han venido. Qué falta de educación. Ese es el problema con la gente. ¿Sabes que la nuera de Tax Jackson ni siquiera le ha enviado una postal el día de su cumpleaños? Y luego, lo de Ronda, la de la peluquería... Bueno, desde lo del tesoro de Curly, *El bizco*, la gente se está volviendo loca. El pueblo está lleno de extraños –siguió diciendo la mujer, imparable–. Tengo la oficina llena de paquetes de una empresa de California. He buscado en Internet para saber lo que vende y resulta que son detectores de metales. ¿Y sabes lo de las begonias de la señora Carruthers? Unas flores que había plantado hace años y va alguien y se las destroza. Parece que ahora Barney, el ayudante del comisario, va a tener que hacer doble ronda todas las noches porque están apareciendo agujeros en todas partes –la cotorra oficial de Bliss paró un segundo para tomar aire–. Bueno, ¿y por qué estás tan pensativa? ¿Estás preocupada por ese pobre hermano tuyo?

Annie asintió, intentando no sentirse culpable por haber estado fantaseando sobre Reno en lugar de pensar en Mike.

–¿Has oído algo?

Geraldine negó con la cabeza.

–He intentado enterarme de algo, pero nada. Desde que empezó la fiebre del oro, todo el mundo parece sospechoso. Excepto tú. Eres una chica tan inocente –sonrió la mujer. Annie se preguntaba si Geraldine seguiría pensando lo mismo si pudiera leer sus pensamientos–. Pero he oído que el otro día acosaste a Reno –añadió, con expresión taimada.

¿Cómo había podido saber eso?, se preguntaba Annie. ¿Los gemelos habrían ido contándolo por ahí?

–Sí, bueno, ya sabes como se exageran estas cosas.

–Me lo contó Eve, la camarera del Tesoro.

–Ah. En el restaurante.

Geraldine, experimentada cotilla, entendió inmediatamente.

–¿Es que has acosado a Reno en otro sitio?

–Claro que no. Y tampoco lo acosé en el restaurante. Solo quería que me ayudara a buscar a mi hermano.

–También me han dicho que no paras de hacer galletas.

–Eso sí es verdad –asintió Annie, sacando una tartera–. He hecho demasiadas, así que te traigo unas cuantas.

–¿De qué son esta vez?

–De mantequilla y cereales.

–Qué ricas –murmuró la mujer, probando una–. Desde que tu hermano desapareció, estamos comiendo muy bien en este pueblo.

–No puedo evitarlo –se encogió Annie de hombros–. Cuando estoy preocupada, me da por cocinar.

–No, si yo no me quejo. Y puedes venir a hablar conmigo cuando quieras. Ya sabes que se me da bien escuchar –sonrió Geraldine. Estupendamente, desde luego. A la mujer no se le escapaba detalle sobre la vida de nadie–. El otro día estuve con Roxanne, la del restaurante Homestead. ¿Sabes que ha ganado el concurso de camisetas mojadas cuatro años seguidos? Bueno, pues me ha contado que Reno salió corriendo detrás de un cliente que quería irse sin pagar. Reno y ella salían juntos hace unos meses, ya lo sabrás. Pero, claro, el comisario de Bliss prácticamente ha salido con todas las chicas del pueblo. Excepto contigo.

Era lógico, pensaba Annie. ¿Qué podía ver en ella un hombre que salía con Roxanne, ganadora del concurso de camisetas mojadas cuatro años seguidos? Ella no podía competir. Y tampoco quería hacerlo.

–¿Quieres que hable con él para que encuentre a tu hermano de una vez? –se ofreció la mujer–. Si no te está ayudando...

–Hace lo que puede.

–Y puede hacer muchas cosas, desde luego –dijo Geraldine, guiñándole un ojo–. Ah, si yo fuera unos años más joven o él unos años mayor...

–¡Pájaro malo, pájaro malo! –empezó a gritar el loro.

–Aunque yo no me pierdo por una cara bonita –siguió Geraldine, dándole un trozo de galleta al animal–. Pero ese chico es un encanto. Un hombre de los que ya no quedan. Cualquier mujer inteligente intentaría cazarlo.

–Una mujer inteligente sabría que a Reno no

se le puede cazar, Geraldine –dijo Annie, intentando disimular su turbación.

–Una mujer inteligente no tendría que intentar cazarlo –replicó la mujer–. Simplemente, frenaría un poco para que fuera él quien la cazara a ella.

–Tengo un nuevo trabajo –anunció orgulloso Barney, el largo y flaco ayudante del comisario.

–¿No pensarás volver a tocar el acordeón en el bar? –preguntó Reno, mientras revisaba los mensajes que Opal le había dejado sobre la mesa.

–No –contestó Barnie–. Aún tengo un chichón en la frente de la última vez. Alguien me tiró cacahuetes.

–Qué delicado eres –sonrió Opal–. ¿Te sale un chichón por unos cacahuetes?

–Es que se los tiraron dentro del bote –explicó Reno.

–Alguna gente no aprecia una buena polca –suspiró Barney.

–Son unos bárbaros –asintió el comisario.

–Bueno, a lo que íbamos. Tengo un nuevo trabajo como vigilante nocturno.

–¿Y qué vas a vigilar? –preguntó Reno, escéptico.

–Jardines. Peonías, begonias, rosas, rododendros...

–¿Tú sabes qué es un rododendro?

Barnie negó con la cabeza.

–No, pero Geraldine me ha dado un libro

con fotos. Lo que tengo que hacer es evitar que la gente entre en los jardines. Incluso van a darme un perro.

—Eso es lo que me hacía falta, que la gente de Bliss contratara vigilantes privados —murmuró Reno, irritado.

—Anda, yo no había pensado en mí mismo como vigilante privado. Suena bien. Como uno de esos detectives de las novelas que tanto le gustan a tu padre.

—Sí, pero los vigilantes de esas novelas protegían el ganado de los cuatreros —señaló Opal.

—¿Qué más da animales que flores? —dijo Barney.

—¿Ha llamado Annie Benton? —preguntó Reno entonces.

—No. ¿Tienes alguna pista sobre su hermano?

—Ninguna. He informado a las autoridades de Nevada por si vuelve allí.

—Si es un jugador, puede estar en cualquier sitio. En estos días, incluso se puede apostar por Internet. Pregúntame cómo lo sé —dijo Opal.

—¿Cómo lo sabes? —preguntó Barney.

—Porque mi querida hija Sugar ha perdido cien dólares.

—No sabía que Sugar fuera ludópata.

—Y no lo es. El año pasado le dio por las líneas 900 y casi me arruina. Lo que le gusta es matarme a disgustos. Pero creo que ha aprendido la lección, porque le va a costar un año pagar la deuda.

—Quizá deberíamos contratarla —sugirió Barney, mirando a su jefe.

–De eso nada –dijo él–. Perdona, Opal, pero aún sigo quitando laca de uñas de mis informes.

–Me enfadaría si no supiera que tienes razón. Por cierto, he oído rumores sobre ti, Reno.

–¿Qué rumores?

–Que el otro día Annie Benton te echó el lazo y te arrastró como si fueras un ternero.

–¿Esa chica tan dulce va a marcarte, jefe?

–¿Marcarme a mí? –sonrió Reno, hinchando el pecho–. Y ahora, a trabajar. Los contribuyentes no os pagan por especular sobre mi vida amorosa.

–Y ahora me lo dices –sonrió Opal.

El día siguiente amaneció con un cielo cubierto de nubes grises. Tardaría poco en llover. La idea de que su hermano estuviera solo en alguna parte en medio de una tormenta llenaba a Annie de tristeza y decidió concentrarse en encontrarlo.

Y no le resultó difícil porque la primera llamada que recibió ese día fue de Sven.

–¿Sabes algo de tu hermano?

–No sé nada –contestó ella–. Creo que ha salido del país. Quizá ha ido a visitar a mi madre.

La mentira pareció funcionar.

–¿Tu hermano suele marcharse así como así? –preguntó el hombre.

–La verdad es que Mike es un espíritu libre. Siempre hace lo que quiere.

–Un día u otro tendrá que pagar sus deudas. Todo el mundo lo hace –dijo Sven con dureza–. Dile eso de mi parte.

–Pero yo no he hablado con él...
–Díselo –repitió él antes de colgar.
–Lo haré –murmuró Annie para sí misma–. Se lo diré después de echarle una bronca. Pero primero tengo que encontrarlo.

Después de dejar un mensaje en la comisaría, Annie puso unas galletas en el horno y bajó al sótano para echar un vistazo entre las cajas de Mike. Quizá allí encontraría alguna pista. En una de ellas encontró la cartilla escolar de su hermano y no pudo evitar las lágrimas cuando vio la fotografía.

–Vuelve a casa –murmuró, mirando la foto–. Ya arreglaremos las cosas. Juntos. Como siempre. Vuelve a casa, Mike.

Aquella mañana se había puesto una falda vaquera y una rebeca roja de mangas muy largas, con las que se secó las lágrimas mientras abría otra caja. Estaba llena de revistas, papeles y agendas y, como en el sótano no había mucha luz, decidió llevar la caja arriba para comprobar el contenido con tranquilidad.

Pero cuando llegó al salón, lanzó un grito, sobresaltada.

–He llamado, pero no me has oído –se disculpó Reno–. Deberías cerrar la puerta con llave.

Annie colocó la caja sobre el baúl y, cuando se dio la vuelta, Reno estaba tan cerca que se chocaron. En cuanto él alargó las manos para sujetarla, Annie experimentó la familiar sacudida interna que sentía cada vez que él la rozaba. Con los labios entreabiertos, la respiración entrecortada y el corazón acelerado... sus bocas estaban tan cerca, tan cerca, casi tocándose...

La corta distancia que había entre ellos estaba llena de electricidad. La anticipación era increíble, el sonido de sus respiraciones, el aroma masculino, los ojos verdes tan cerca que podía ver los puntitos dorados en la pupila.

La boca de Reno estaba sobre la suya, tan cerca que podía sentirla, casi quemándola y... en ese momento, sonó el teléfono.

Sobresaltada de nuevo, Annie dio un salto.

–Será mejor que conteste –murmuró–. Ayer llamé a varios amigos de Mike y es posible que alguno sepa algo.

Y así era. Era una llamada a cobro revertido desde Bozeman.

–Soy Bryan Patch. Me he enterado de que andas buscándome.

–Gracias por llamar. Estoy buscando a mi hermano.

–Eso tengo entendido.

–¿Sabes dónde puede estar? –preguntó Annie, con los dedos cruzados.

–Ni idea.

–¿Cuándo lo viste por última vez?

–Hace algún tiempo, en un bar.

–¿Hace cuánto tiempo? –insistió ella–. ¿Un mes, dos?

–Hace dos semanas –contestó el hombre. Annie suspiró, aliviada–. Mira, yo no me preocuparía por Mike. Tiene sus razones para desaparecer.

–¿Por culpa de Sven?

–¿Conoces a Sven? –dijo Bryan, sorprendido.

–Sé que Mike le debe dinero.

–Entonces ya sabes por qué ha desaparecido. Me dijo que tenía un plan.

–¿Qué clase de plan? –preguntó ella.

–No lo sé. No me lo contó. Bueno, ahora tengo que irme. Hay gente esperando para usar el teléfono.

–¡Espera!

Pero el hombre había colgado.

–¿Qué ocurre? –preguntó Reno.

–Era un amigo de Mike. Dice que vio a mi hermano hace dos semanas y que tenía un plan para desaparecer.

–Eso tiene sentido.

–¡Nada de todo esto tiene sentido! Mi hermano debería haber acudido a mí si tenía problemas.

–Annie, tú no puedes vivir la vida por él.

–No quiero hacer eso. Solo quiero... solo quiero saber que está bien.

–He alertado a las autoridades de Nevada por si acaso vuelve a aparecer por allí, pero sospecho que estará escondido en las montañas hasta que las cosas se calmen.

–¿Y si Sven lo ha encontrado?

–¿No me has dejado un mensaje diciendo que Sven te ha llamado esta mañana? –preguntó Reno.

–Sí.

–Si lo hubiera encontrado, no te llamaría. Como te ha dicho su amigo, Mike ha desaparecido durante un tiempo por propia voluntad. Si yo tuviera problemas con el juego, eso es lo que haría.

−¿Estás diciendo que a ti no te gusta jugar?

Reno sonrió, y las arruguitas que se formaron alrededor de sus ojos la dejaron hipnotizada.

−Soy un hombre que va tras lo que busca, en lugar de esperar apostando a lo que pueda pasar.

−Un hombre de acción, ¿no?

−Eso es. ¿Te molesta? −volvió a sonreír él, apartando un mechón de pelo de su frente.

−No −murmuró ella−. No me molesta.

Annie había tomado una decisión. Era el momento de liberar el deseo que sentía por Reno, en lugar de intentar cerrarle la puerta. El momento de que un pececillo nadase al lado de un tiburón. Algo que parecía perfecto no podía ser malo, se decía.

−¿Te molestaría que te soltara el pelo? −susurró él, quitándole la goma con la que Annie se había recogido la melena−. Me gusta más así.

−¿Sí? −murmuró ella, con una voz que le resultaba desconocida.

−Pareces menos una maestra y más una...

−¿Una qué?

−Una mujer que sabe lo que desea.

−Sé lo que deseo.

−Lo sé −dijo él solemnemente−. Quieres que encuentre a tu hermano.

−Sí. Y...

−¿Y? −la interrumpió él, pasándole seductoramente un dedo por los labios.

−Y te deseo a ti.

–Gracias a Dios –dijo él, antes de besarla.

Reno la deseaba, lo sabía por su forma de abrazarla, como si quisiera aplastarla contra su pecho.

¿Era tan malo desearlo también? Annie sabía que no había futuro para ellos, pero no le importaba. Enredando los brazos alrededor del cuello del hombre, se olvidó de sus dudas y se dejó llevar por el placer que recorría su cuerpo con cada caricia.

No protestó cuando él la tumbó suavemente sobre el sofá. Reno se apretaba contra su cuerpo, mientras un beso se mezclaba con el siguiente. El ritmo era lento, seductor, como si solo le estuviera mostrando una pequeña parte del placer que podía darle.

Cuando dejó de besar sus labios, buscó su cuello. La boca del hombre encontraba sus zonas más sensibles mientras desabrochaba los botones de la rebeca con habilidad.

Annie podría haberse sentido avergonzada de su sencilla ropa interior de algodón, pero él la miraba con tal deseo que no había sitio en su mente para nada más.

Reno podría haber desabrochado el sujetador enseguida, pero no lo hizo. La besaba en el cuello, acariciando sus pechos por encima de la tela.

Al final, fue ella quien lo desabrochó. Cuando él empezó a mordisquear sus pezones, Annie creyó que se quemaba, y cuando introdujo la mano por debajo de su falda y empezó a acariciarla entre los muslos, el mundo desapareció por completo.

Una sensación desconocida dentro de ella la obligó a cerrar los ojos, emocionada y asustada. Reno esperó que Annie le diera permiso antes de seguir y ella se lo dio arqueándose hacia él, dándole a entender lo que quería. El hombre introdujo la mano dentro de sus braguitas para acariciarla íntimamente, deslizando provocativamente los dedos por su femineidad y Annie perdió el control. Se apretó contra él con fuerza y clavó las uñas en su espalda, mientras temblaba, descompuesta, entre sus brazos.

–No sabía... –murmuró después–. Nunca había sentido...

–¿Quieres decir que nunca...?

–Nunca –sonrió ella.

–Pero habrás... quiero decir... no eres virgen, ¿verdad?

–Claro que lo soy –contestó Annie.

Capítulo Siete

–¿Eres virgen? –repitió Reno, atónito, sentándose de golpe–. ¿Cómo ha podido pasar eso?

–Más bien, cómo ha podido no pasar –contestó Annie, irritada–. Y te agradecería que dejaras de mirarme como si fuera un bicho raro.

Por una vez, el famoso encanto de Reno Best parecía haberlo abandonado y no encontraba palabras.

–No quería... es que yo... nunca, con una virgen...

–Ya veo que no –lo interrumpió ella–. Has parado. Y me pregunto por qué.

–Y yo me pregunto por qué has decidido que yo debería ser tu primer amante.

–Mira, yo misma me estoy preguntado eso en este momento –replicó Annie, abrochándose la rebeca con manos temblorosas.

¿Cómo había conseguido tenerla medio desnuda en el sofá en menos de dos minutos?, se preguntaba. Experiencia. Esa era la razón. Lo que ella no tenía y él no parecía dispuesto a darle.

Había creído que podría mantener el control. Había creído que era buena idea confiar en su corazón, en lugar de en su cabeza. Había creído que Reno y ella compartían algo especial. Pero, en lugar de eso, parecía que él quería una mujer con experiencia. Cualquier mujer. Desde luego, no una virgen.

Cuando volvió a mirarlo, Reno no la miraba con deseo sino con una expresión de pánico.

–Creo que deberías pensar esto un poco mejor –dijo, muy serio, levantándose–. Los dos deberíamos hacerlo.

–Estoy de acuerdo. Y creo que deberías marcharte.

Reno la obedeció. Parecía estar deseando hacerlo.

Lo cual probaba que no estaba interesado en ella. Quizá solo había querido completar su agenda con la única mujer en Bliss con la que aún no se había acostado.

El olor a quemado la hizo entrar corriendo en la cocina para sacar las galletas del horno.

Quemadas, destrozadas, arruinadas.

Annie entendía cómo debían sentirse las pobres galletas.

Sentándose en una silla, con las rodillas temblorosas, se cubrió la cara con las manos. Los recuerdos del pasado la envolvían. Recuerdos de un hombre que había jugado con ella. Al final, lo que había creído una historia de amor no fue más que una humillante repetición de lo que había ocurrido en su adolescencia.

Como entonces, Annie había sido un reto para un hombre al que daba calabazas. Y eso significaba que él tenía algo que probarse a sí mismo.

Pero ser virgen era un reto demasiado fuerte para Reno. Las mujeres en su vida sin duda eran expertas amantes. Mujeres atractivas que conocían todos los trucos. No una chica como ella. No una simple chica «mona», con una talla pequeña de sujetador.

El disfraz que se había puesto para ir al bar de camioneros no había cambiado nada. Ella era una aficionada y él, un experto predador. Y Annie sentía que Reno le había mordido el corazón.

¿Virgen? Reno se secó el sudor de la frente con la manga de la camisa. Él tenía sus defectos, pero ir por ahí desflorando vírgenes no era uno de ellos.

Annie era lo que siempre había pensado. Una chica sana, sencilla, una chica con la que no se podía jugar. La acalorada respuesta a sus besos lo había cegado momentáneamente. Annie era el tipo de mujer al que había que entregarle el corazón, el tipo de mujer con el que había que casarse y tener hijos.

Eso debería haber levantado la bandera roja para él. Reno conocía a muchas mujeres, pero ninguna de ellas lo había preparado para Annie Benton.

Le estaba haciendo un favor apartándose de su lado. Ella se merecía alguien dispuesto a formar un hogar.

Y él no estaba dispuesto a eso, por el momento. Reno se pasó la mano sudorosa por el pantalón. No había muchas cosas que le dieran miedo, pero casarse, estar con una sola mujer para el resto de su vida lo aterrorizaba. Porque entonces, ella podría ver lo que había debajo de la superficie encantadora y descubriría lo que siempre había temido. Que dentro no había mucho.

Reno siempre había sabido que carecía de la profundidad de sus hermanos. Zane era un hombre tenaz que había atravesado momentos muy difíciles, como cuando su mujer lo había abandonado dejándolo solo con dos hijos. Había salido adelante porque la palabra fracaso no existía en su diccionario.

Y Cord era un hombre oscuro y profundo. La mitad del tiempo, Reno no sabía lo que su hermano estaba pensando y lo conocía de toda la vida. Cord sentía las cosas tan intensamente que se había escondido tras una barrera que él mismo había creado.

Era lógico que Zane y Cord hubieran encontrado mujeres que bajo la superficie habían encontrado la riqueza de sus almas. Pero ninguna mujer había mirado en el interior de Reno.

Él sabía lo que pensaban las mujeres de él porque se lo decían muy a menudo. Era un conquistador, un hombre lleno de encanto. Un hombre que seguía siendo amigo de todas las mujeres con las que había mantenido una relación, pero que no había dejado que ninguna lo atara.

Pero Annie no era el tipo de mujer del que uno podía apartarse fácilmente. No era la clase de mujer fácil de olvidar. Y tampoco era la clase de mujer que aceptaría solo el encanto superficial durante mucho tiempo. Había hecho bien marchándose antes de que se diera cuenta de que tras sus sonrisas y sus bromas fáciles había un miedo desesperado de no tener dentro lo que hacía falta.

Ser frívolo era mejor que sentir las cosas tan intensamente que te hicieran daño, se decía. Él prefería las cosas fáciles y alegres. Era muy bueno con las amistades y las risas, pero incapaz de una intimidad profunda. Desde luego, había hecho bien apartándose, antes de que Annie o él hubieran cometido un terrible error.

—¿Que quieres hacer qué? —exclamó Luanne Jackson, la peluquera.

—Quiero que me cortes el pelo —contestó Annie.

—No, mira, no creo que quieras hacer eso —dijo la mujer.

—Claro que sí. ¿Quieres galletas de chocolate? —sonrió Annie, sacando una tartera de la mochila—. Tienen trocitos de cacahuete, como a ti te gustan.

Luanne aceptó una galleta, pero se negó a cambiar de opinión.

—Ningún hombre se merece que te cortes el pelo por él. Si sigues queriendo cortártelo dentro de una semana, lo haré. Pero no quiero verte sufrir por una decisión tomada a tontas y a locas.

–¿Y qué te hace pensar que esto tiene algo que ver con un hombre? –preguntó Annie, indignada.

–Cariño, llevo treinta años peinando a la gente y sé reconocer esa mirada.

–¿Qué mirada?

–Esa mirada que dice: «Ahora verás». Lo mejor que puedes hacer para olvidar a un hombre es encontrar otro. El director del supermercado estaría encantado de salir contigo, por ejemplo. Y mi sobrino Bobby siempre está preguntando por ti.

–Ahora mismo no me apetece nada salir con ningún hombre.

–Más razón para salir con uno. No todos son iguales, Annie.

–Me lo pensaré –se encogió de hombros.

–Estupendo. ¿Has visto el nuevo letrero de la peluquería?

–No me he fijado –confesó Annie.

–Lo he hecho en letras de oro. Últimamente no paramos. Desde que ha empezado a venir gente de todas partes buscando el tesoro de Curly, tengo la peluquería llena. Qué digo peluquería, ahora lo llamo «salón de belleza». Mira, he hecho unas tarjetas y todo. Me las hizo Sugar, la hija de Opal, en el ordenador.

–No sabía que Sugar estuviera interesada en los ordenadores.

–Sugar es mucho más de lo que parece. No es que sea un cerebro, pero es muy creativa.

–Quizá debería decirle a ella que me arreglase el pelo –bromeó Annie.

–Te lo pondría de color verde –rio Luanne–. Bueno, ¿qué te parece lo de salir con mi sobrino?

–Me lo pensaré –contestó Annie.

Antes de ir a su casa, pasó por la tienda para comprar algo de comida y cuando volvía hacia su coche, aparcado frente a la peluquería, descubrió que Luanne había hecho una llamada telefónica porque allí estaba su sobrino Bobby.

–Hola, Annie. Hoy estás guapísima –la saludó él. Annie se preguntaba por qué su corazón no daba saltos al ver a aquel joven alto y rubio–. He pensado que mañana podríamos ir a cenar juntos. Hay una fiesta en el restaurante Homestead.

Bobby parecía tan sincero que a Annie le dio pena decirle que no. No quería pisotear su corazón como Reno había pisoteado el suyo.

–Me parece muy bien.

Aunque no lo había dicho muy convencida, Bobby no pareció notarlo. Estaba demasiado ocupado haciendo planes para ir a buscarla al día siguiente.

Quizá Luanne tenía razón. Quizá salir con otro hombre era lo mejor que podía hacer para olvidarse de Reno.

–Supongo que te habrás enterado –dijo Opal en cuanto Reno entró en la oficina el martes por la mañana.

–¿De qué? –preguntó él, con desgana. Había pasado la noche dando vueltas en la cama, soñando con cierta maestra. En sus sueños, ella acariciaba su cuerpo desnudo con aquel cabello largo y sedoso, volviéndolo loco. Reno se había despertado cubierto de sudor y tan duro como una piedra–. ¿Han vuelto a destrozar las begonias de alguien?

–No, pero he oído que el precio de los picos y las palas se ha triplicado.

–Estupendo –dijo Reno, dejándose caer en la silla–. La clase de noticia que me apetecía escuchar esta mañana.

–Y hay informes de que han visto gente en la montaña.

–Genial. Como se pongan a cavar, estamos perdidos. ¿Alguna buena noticia? –preguntó el comisario, sarcástico.

–Pues que Annie va a ir a cenar esta noche con Bobby Phenton –sonrió su secretaria–. Aunque ya sé que a ti no te importa. Hace dos semanas me dijiste que tu interés por ella era solo profesional –dijo Opal, con expresión inocente.

–Por supuesto.

–¿Se sabe algo de su hermano?

–Aún no –contestó Reno.

–Pues me alegro de que Bobby esté por aquí para animarla un poco –suspiró Opal entonces. Reno no había podido apartar de sí el recuerdo de los ojos castaños de Annie, mirándolo con pasión. Aquella mujer lo estaba volviendo loco. Pero no podía ceder. Ella era virgen y sería capaz de mirar en su alma y ver lo vacío que estaba por dentro. Él no quería eso. No la necesitaba para nada–. ¿No te alegras de que Bobby anime a Annie?

—Sí, claro, estoy a punto de dar saltos de alegría.

—Espera, hay más —dijo Opal—. La señora Battle está en el bar de Floyd.

—No hay nada ilegal en eso, aunque no le pega nada irse de copas.

—Especialmente porque lleva un marabú rojo en el cuello y se hace llamar *Señorita Kitty*. Le ha dado por ponerse a cantar.

—¿La señora Battle? —exclamó Reno, atónito—. ¿Y por qué está haciendo eso? Si debe de tener más de setenta años...

—Floyd está enfadadísimo. Quiere que vayas al bar y la saques de allí. Dice que le está arruinando el negocio. Ah, otra cosa, alguien ha aparcado una caravana a las afueras del pueblo y ha colocado un cartel diciendo que la tierra es de su propiedad. Y tu padre ha llamado hace un rato para decir que hay unos tipos buscando el tesoro en el río y están espantando a las truchas. Pero que no te preocupases porque Tad y él se iban a encargar de «esos gusanos», me parece que ha dicho —siguió la secretaria, echando un vistazo a sus papeles—. Ah, y mi hija quiere saber si puedes ir con ella a la barbacoa del sábado.

—No —contestó Reno, malhumorado.

—No importa. Seguro que pronto se olvidará de ti. La verdad es que le gustaba Mike, el hermano de Annie, pero como ha desaparecido no sabe en quién fijarse.

—¿Y por qué no se fija en Bobby Phenton? —sugirió Reno.

—Intentas que mi hija te quite de en medio a la competencia, ¿eh? Qué listo.

—Solo era una broma.

—Ya —sonrió la secretaria.

—Mira, no tengo tiempo para esto. Será mejor que vaya al bar a ver qué le pasa a la señora Battle.

—A lo mejor está intentando llamar la atención de Floyd —sugirió Opal.

—Pues lo ha conseguido.

Reno llegó al bar cuando la señora Battle estaba terminando de cantar *El humo ciega tus ojos*.

—Llévatela de aquí —le rogó Floyd, desde la barra. Reno conocía a Floyd desde que era pequeño y nunca lo había visto tan agitado.

—Señora Battle... —empezó a decir el comisario.

—Llámame señorita Kitty —replicó ella, atusándose el marabú con la pericia de una corista.

—Muy bien, señorita Kitty. Es hora de dar por terminado el espectáculo. No querrá estropearse la voz, ¿verdad? —sugirió Reno, tomándola suavemente del brazo.

La mujer se soltó de un tirón, indignada.

—¡No me toques! ¡Floyd, tienes que ayudarme!

—Oye, tampoco hace falta usar la fuerza —dijo Floyd entonces—. Así no se trata a una señora.

—Pero si no la he tocado —dijo Reno, exasperado—. Si crees que tú puedes hacerlo mejor, es toda tuya.

—¡Dejad de mirarme como si hubiera perdido la cabeza! —exclamó la mujer entonces—. Solo estaba intentando probar algo.

—¿Probar qué? —preguntó el comisario.

—Que Floyd se está portando como un tonto. ¿Sabes que se pasa todo su tiempo libre haciendo agujeros detrás del bar?

—¿Tú también, Floyd? —preguntó Reno, perplejo.

El propietario del bar se encogió de hombros.

—Curly podría haber escondido el tesoro en mi propiedad, ¿no?

Reno se volvió hacia la señora Battle, sin disimular su irritación.

—¿Y qué tiene que ver que Floyd se dedique a buscar el tesoro para que usted...?

—¿Para que esté haciendo el ridículo? —terminó la frase la señora Battle—. Yo quería que Floyd se fijara en mí. Y la única forma de conseguirlo era haciendo algo realmente espectacular.

—¿Quieres decir que has hecho todo esto por mí, Millie? —preguntó Floyd, con cara de tonto.

¿Millie? Era la primera vez que alguien llamaba a la seria señora Battle por su nombre de pila.

—Exactamente, idiota —contestó Millie Battle, secándose las lágrimas con el marabú—. ¿Es que no sabes lo que siento por ti?

—¡Millie!

Cuando Floyd salió de la barra para abrazar a la mujer, Reno decidió que era el momento de marcharse. Había solucionado un problema, le quedaban tres.

El siguiente asunto era la caravana aparcada

a las afueras del pueblo. Reno paró el coche patrulla al lado de un letrero que decía:

Declaramos esta tierra propiedad de Ralph y Audrey Oberhausen. Cualquiera que entre en ellas sin permiso será severamente castigado.

La caravana tenía matrícula de Arizona y Reno comprobó el número en el ordenador del coche. Efectivamente, pertenecía a Ralph y Audrey Oberhausen de Sun City, Arizona. Los dos tenían casi ochenta años. ¿Qué le estaba pasando a la gente mayor?, se preguntaba. ¿Habría luna llena?

–Hola, comisario –lo saludó una mujer de pelo blanco–. ¿Qué le trae por aquí?

–Señora, no puede aparcar su caravana aquí.

–No estamos aparcados –dijo la anciana–. Vivimos aquí. Esta tierra es nuestra. Mi marido la llama *La mina de la suerte*.

–Aquí no hay ninguna mina, señora.

–Ahora mismo no, pero la habrá en cuanto mi marido termine con todo el papeleo.

Reno intentó buscar paciencia.

–Señora, esta tierra pertenece al Ayuntamiento de Bliss. Ustedes están aquí de forma ilegal.

–Eso no es verdad –negó la mujer vehementemente–. Ralph, sal y dile al comisario que no estamos aquí de forma ilegal.

–¿Qué ocurre? –preguntó un hombre con una camisa hawaiana.

–Este hombre dice que lo que estamos haciendo es ilegal.

–Imposible –dijo Ralph–. Esta tierra no le pertenece a nadie. Entre y le enseñaré un mapa.

–¿Por qué no lo saca? –sugirió Reno.

–Muy bien.

–¿Le apetece tomar un poco de pollo ya que está aquí? –preguntó la mujer amablemente–. Acabo de sacarlo del horno.

–Gracias, señora, pero estoy de servicio.

–Entiendo –sonrió la mujer–. Se lo pondré en una tartera para que se lo lleve.

–No hace falta... –empezó a decir Reno, pero ella no lo escuchó.

–Mire –dijo el hombre, saliendo de la caravana con el mapa–. Estamos aquí, ¿ve? Esta tierra está entre dos propiedades, pero no le pertenece a nadie.

–Le pertenece al Ayuntamiento de Bliss. Además, va a haber tormenta y cuando llueve se inunda –lo informó Reno.

–Mejor. Así será más fácil buscar el tesoro. Dejaremos que el agua haga parte del trabajo por nosotros.

–¿Pero no se da cuenta de que el agua no solo se llevará la tierra, sino también su caravana? No creo que quiera arriesgarse a eso.

–Y yo no creo que usted sepa lo que estamos dispuestos a arriesgar –insistió Ralph Oberhausen, mostrándole unos certificados–. Mire, incluso he contratado a un abogado.

–Muy bien. Pues siga intentándolo, pero mueva su caravana. No puede dejarla aquí –dijo Reno, exasperado–. Si quiere, puede aparcar detrás de la comisaría.

—Tome, hijo —dijo la mujer, ofreciéndole una tartera—. Aquí está su pollo. También le he puesto un trozo de tarta de zanahoria.

—Señora, estaba diciéndole a su marido que no pueden dejar aquí la caravana. Esta zona corre peligro de inundarse.

—Vaya, es un detalle que se preocupe por nosotros. Es un buen chico, ¿verdad, Ralph?

Ralph asintió mientras doblaba su mapa.

—¿Van a mover la caravana? —preguntó Reno.

—Lo pensaremos —contestó el hombre, testarudo.

—Gracias por venir a visitarnos. Puede volver cuando quiera —dijo la mujer.

Un rotundo trueno sonó en el momento que Reno entraba en su coche. Estupendo. ¿Qué más cosas podían ir mal aquel día?

¿Qué otra cosa podía ir mal aquel día?, se preguntaba Annie mirando la uña que acababa de romperse. Unos minutos antes se había cargado el secador y se había metido el cepillo del pelo en un ojo. Si no fuera porque no quería herir los sentimientos de Bobby, lo habría llamado para cancelar la cita.

El sonido de un trueno la sobresaltó. Había algo en el aire aquel día, algo extraño, como una premonición.

Eso la hizo recordar a Reno y su horrorizada expresión cuando le había dicho que era virgen.

Annie tenía sus razones para ser virgen. Se

había sentido tentada un par de veces y había estado a punto de hacerlo. Pero algo se lo había impedido.

Quizá nunca había conocido a un hombre con el que quisiera pasar el resto de su vida. O quizá temía repetir los errores de su madre. La cuestión era que siempre se había apartado de los hombres que le gustaban de verdad y había salido con hombres estables y serios que no hacían demandas. Excepto Ben, el profesor de Iowa que la había engañado como el capitán del equipo de fútbol del instituto. Desde entonces, no había querido saber nada del sexo.

Annie sabía que ella no era la única virgen de veintiocho años en todo el planeta. De hecho, estudios recientes demostraban que había mucha gente que elegía llegar virgen al matrimonio. No estaba sola. Solo se sentía sola.

¿Dónde estaba su hermano?, se preguntaba sentándose sobre la cama. Se sentía culpable por perder el tiempo pensando en Reno, en lugar de dedicar todos sus esfuerzos a encontrar a Mike.

Y, además, aquella noche tenía que salir con Bobby Phenton...

Mientras se hacía un moño, recordaba la voz ronca de Reno diciéndole que a él le gustaba con el pelo suelto. Annie se puso colorada al recordar el roce de los dedos del hombre... y se colocó la última horquilla casi con rabia.

Bobby llegó a su hora. La tormenta no había empezado, pero el sonido de los truenos avisaba que estaba cerca.

—Estás muy guapa –sonrió el joven, ofreciéndole una rosa blanca.
—Gracias, Bobby. La pondré en agua –murmuró ella. No había tenido valor para decirle que era alérgica a las rosas.

Annie fue a la cocina y colocó la flor en un pequeño jarrón. Estaba muy bonita allí, flotando en el agua, perdida como ella.

Reno observaba las gotas de lluvia caer sobre el parabrisas con expresión de cansancio. El informe del tiempo había predicho una fuerte tormenta durante la noche.

Después de solucionar una disputa doméstica, se acercó donde los Oberhausen habían aparcado la caravana para comprobar si le habían hecho caso. Pero, por supuesto, seguían allí. Nadie parecía escucharlo últimamente.

Murmurando una maldición, Reno tomó un chubasquero y salió del coche patrulla.

—Vaya, comisario, ha venido a vernos –lo saludó Audrey Oberhausen–. Pero entre, por favor. Está lloviendo a mares.

—Por eso estoy aquí, señora. Tienen que mover la caravana.

Audrey parpadeó, sorprendida.

—¿Es que puede usted leer los pensamientos? Es justo lo que estábamos a punto de hacer.

Reno suspiró, aliviado.

—Esperaré fuera, para comprobar que salen de aquí sin problemas.

Reno ayudó a Ralph Oberhausen a desatar

las cuerdas que habían atado alrededor de la caravana para delimitar «sus» tierras y después los acompañó hasta el parque de Bliss, detrás de la comisaría.

Para entonces estaba mojado, cansado y de mal humor. Afortunadamente, Barnie haría el turno de noche.

Reno no estaba seguro de cómo había terminado en el restaurante Homestead. Pero uno tenía que comer, ¿no?, se decía. Y en el restaurante Homestead servían la mejor carne de Bliss. Eso era lo que le interesaba, no Annie y su nuevo amigo.

La vio nada más entrar. Era difícil no verla. Estaba riendo de algo que Bobby había dicho y... se había vuelto a hacer un moño. Sus enormes ojos castaños destacaban más que nunca con aquel vestido color turquesa.

Estaba para comérsela.

Reno buscó una mesa libre y decidió coquetear con Roxanne, la camarera.

–Hola, guapa. ¿Qué tal las cosas por aquí?

–«Las cosas» van bien, Reno –sonrió ella, poniéndole los pechos en la cara.

–Ya veo.

–Di una palabra y verás todo lo que quieras –murmuró la ganadora del concurso de camisetas mojadas.

Reno sonrió y le dedicó un cumplido, pero no lo hacía de corazón. Y eso le daba miedo. ¿Estaría perdiendo su encanto?, se preguntaba. Estaba peor de lo que creía.

Annie lo observaba coquetear con la camarera y se sorprendió al sentir una punzada de celos. El sentimiento se confirmó un momento después cuando él lanzó una mirada oscura en su dirección.

Desde aquel momento, se negó a mirarlo y se concentró en su cena.

Después de cenar, Bobby le preguntó si quería ir al cine, pero para entonces había empezado a dolerle la cabeza y Annie lo rechazó amablemente.

El camino de vuelta fue tranquilo hasta que estaban a una manzana de su casa. En ese momento, vieron tras ellos las luces rojas de un coche patrulla y escucharon una sirena. Incrédula, Annie se volvió y vio que Reno, con cara de pocos amigos, hacía señas para que parasen.

Capítulo Ocho

Bobby, que era un ciudadano obediente, paró el coche de inmediato y Annie lo escuchó tragar saliva cuando el comisario se colocó al lado de la ventanilla.

–¿Ocurre algo? –preguntó, nervioso.

–Has rebasado el límite de velocidad –dijo Reno entonces, con aire autoritario.

–¿Qué? –exclamó Annie, incrédula.

–Lo que he dicho, señorita.

–A mí no me llames «señorita» –replicó ella, furiosa–. Bobby no ha rebasado el límite de velocidad.

–Iba demasiado rápido. Lo he visto en el radar –insistió Reno.

–¿Y a qué velocidad íbamos? –preguntó ella.

–Demasiado rápido.

–¿A qué velocidad? –insistió Annie.

–A cuarenta kilómetros por hora en una zona en la que solo se puede ir a treinta y cinco –contestó él, con sequedad. ¿Iba a ponerle una multa al pobre Bobby por cinco miserables kilómetros?, se preguntaba Annie–. Documentación.

–¡Esto es ridículo! –exclamó ella saliendo del coche–. ¿Qué estás haciendo?

—Poniendo una multa —contestó el comisario con toda tranquilidad.

—El radar de la policía tiene cinco kilómetros de margen. ¿Y, además, desde cuándo llevas radar en el coche?

—Eso no es asunto tuyo.

—No le estás poniendo una multa por exceso de velocidad —dijo ella, clavándole un dedo en el pecho—. Lo que pasa es que estás celoso.

El pobre Bobby volvió a tragar saliva.

—Eso es ridículo —replicó Reno.

—Tú sí que eres ridículo. ¿Cómo te atreves a aprovecharte de tu posición para molestarnos?

—Yo no estoy molestando a nadie, estoy cumpliendo con mi deber. Por mí, puedes salir con todos los hombres del estado de Colorado.

—¿Y vas a ponerles una multa a todos? —replicó ella, indignada.

—Solo si rebasan el límite de velocidad.

—¡Pero si el perro del señor Dickens nos ha adelantado!

—¡Ha rebasado el límite de velocidad y no hay más que hablar!

—¡Eso es mentira! ¡Iba muy despacio!

—¿Despacio? —la retó él—. ¿Te parece ir despacio tentar a un hombre y al día siguiente irte de juerga con otro?

—¿De juerga? —repitió ella, acalorada—. Yo no me he ido de juerga con nadie. Solo hemos ido a cenar tranquilamente. O, al menos, hasta que has aparecido tú fulminándome con los ojos.

—¿Yo? Yo ni si siquiera te he mirado.

–¿Me puedo ir ya? –los interrumpió Bobby.
–¡Sí! –exclamaron Reno y Annie al unísono.

Bobby arrancó a toda velocidad, seguramente para evitar la multa.

–No me puedo creer la cara que tienes –dijo Annie.

–Y yo no me puedo creer que tú te creas el centro del universo.

–Estabas mirándome en el restaurante.

–De eso nada. Estaba cenando. Ha sido un día muy largo y tenía hambre.

–¿O sea que ahora mismo no estás de servicio? –dijo ella entonces, perpleja–. ¿Y tienes la cara de decir que todo esto no ha sido porque tu ego se siente amenazado?

Con un gesto de asco, Annie se dio la vuelta. Pero Reno fue tras ella.

–Como si mi ego se pudiera sentir amenazado por Bobby Phenton.

–Él besa mejor que tú.

Annie no sabía qué la había impulsado a mentir, pero se alegraba.

–Sí, seguro.

–Mucho mejor.

En ese momento escucharon la radio del coche patrulla. Era Barnie.

–Reno, parece que hay problemas en la calle Uno. Y parece que los está causando alguien que se parece mucho a ti. Ha llamado la señora Carruthers para avisar. ¿Necesitas ayuda?

Reno se dio la vuelta y tomó el micrófono por la ventanilla del coche.

–Negativo. Todo está bajo control.

–Si quieres, voy para allá ahora mismo –insistió Barney.

–No es necesario.

–¿Seguro?

–Seguro.

–De acuerdo. Hasta luego.

Después de eso, Reno salió corriendo detrás de Annie, que estaba entrando en su casa.

–Fuiste tú el que se marchó –le recordó ella.

–A lo mejor me he arrepentido.

–Pues, entonces, dilo. No aterrorices al pobre Bobby.

Reno la sorprendió con una de sus sonrisas.

–¿Alguna vez te referirás a mí como «el pobre Reno»?

–Tú no necesitas que nadie cuide de ti.

–¿No? –dijo él, melancólico. Annie negó con la cabeza–. A lo mejor sí. A lo mejor necesito que una mujer cuide de mí.

–¿Y yo soy esa mujer?

–Lo único que sé es que no quiero que ningún otro hombre sea tu primer amante.

El corazón de Annie se detuvo un segundo. No había duda de que lo había dicho sinceramente. En sus ojos había un brillo de sinceridad, como si estuviera desnudando su alma para ella.

–Yo tampoco –susurró Annie, tomando la cara del hombre entre las manos.

El beso sorprendió a Reno durante un segundo, pero después lo devolvió con pasión antes de apartarse bruscamente.

–Podría vernos cualquiera –murmuró, apoyando la frente sobre la de ella–. A mí me da igual, pero no quiero que la gente ande murmurando sobre ti. Quizá deberíamos seguir esto dentro.

–Buena idea –dijo ella, abriendo la puerta.

Antes de entrar, echó un vistazo para comprobar si todo estaba en orden. Su necesidad de tenerlo todo bajo control aumentaba cuando estaba nerviosa.

–Esta es una ocasión muy especial –murmuró Reno, tomándola por la barbilla.

–Sí –dijo Annie.

Sin embargo, su cabeza no dejaba de dar vueltas. ¿Debería volver a ducharse?, se preguntaba. Se había duchado antes de salir. Y si lo hacía, ¿qué debía ponerse, una toalla?

–... el viernes por la noche.

–Perdona, ¿qué has dicho?

–He dicho que podríamos quedar el viernes por la noche.

–¿El viernes por la noche?

–Sí. De ese modo, lo haremos como hay que hacerlo.

–¿Solo puedes hacerlo los viernes por la noche? –preguntó Annie, confusa.

Reno soltó una carcajada.

–Cariño, puedo hacerlo cualquier día de la semana. Pero esta es una ocasión especial para ti y es mejor no hacerlo con prisas. Debería ser especial, con rosas y...

–Soy alérgica a las rosas –lo interrumpió ella–. Y no quiero esperar hasta el viernes.

Él la miró con una ceja levantada.

–¿Tienes miedo de echarte atrás?
–Miedo de no ser capaz de esperar –dijo Annie con desarmante sinceridad.

Y él recompensó esa sinceridad con un beso que la dejó sin aliento. Sus lenguas se unieron en un baile sensual mientras él empezaba a quitarle las horquillas. Cuando la melena cayó sobre su espalda, Reno la acarició, mirándola a los ojos.

–¿Dónde está tu dormitorio? –susurró sobre sus labios.

–Por allí –contestó ella. Reno no la soltó y Annie tuvo que ir caminando hacia atrás. Unos segundos después, Reno la tumbaba sobre la cama.

Annie notó entonces que tenía la camisa mojada.

–Es que he estado bajo la lluvia –explicó Reno.

–¿Y por qué has estado bajo la lluvia?

Él volvió a besarla, con aquellos labios cálidos y sensuales. Los mismos adjetivos podían aplicarse a sus dedos que, en ese momento, desabrochaban los botones de su vestido. Reno paró en la cintura y apartó la tela para acariciarla suave, deliberadamente.

Ella, impaciente, le estaba arrancando la camisa y le desabrochaba la cremallera de los vaqueros, rozando con los dedos su dura masculinidad. En ese momento, Reno se apartó.

–Tenemos que... parar. No he traído preservativos –confesó, poniéndose colorado.

–No tenemos que parar. Yo tengo una caja

–murmuró Annie, sacando una enorme caja de preservativos de la mesilla–. Se puede comprar de todo a través de Internet. Me lo dijo Sugar.

–¿Sugar te dijo que compraras preservativos a través de Internet?

–No. Fue Tracy.

–¿Tracy y tú habláis de preservativos?

–Un hombre con tu experiencia no debería parecer tan sorprendido.

–Es que no esperaba que tuvieras un surtido de preservativos en la mesilla.

–Soy inexperta, pero no idiota. He comprado tantos porque no sabía cuáles eran los mejores, si los de látex de textura super sensible o los de...

–¿Te los han enviado por correo? –la interrumpió él, incómodo–. ¿Geraldine sabe que compras preservativos?

–Solo si tiene rayos X en los ojos.

–Eso no me sorprendería.

–Pero, claro, la etiqueta puede que le haya dado una pista.

Reno se atragantó.

Annie no sabía que tomarle el pelo podría ser tan divertido.

Pero besarlo era aún más divertido. Y quitarle los vaqueros, una juerga.

–«Familiarícese con el producto y compruebe su estado» –bromeó él, poniendo la mano de ella sobre sus calzoncillos azules.

Annie no había esperado que el sentido del humor formara parte de las relaciones sexuales.

–Esta es mi primera vez y no sé si sabré...

comprobar el estado –murmuró ella, con una sonrisa traviesa–. Aunque leo mucho.

–Sí, ya. Novelas de misterio.

–Y de amor. Y libros de historia.

Reno contuvo la respiración cuando Annie lo tomó en su mano con deliciosa lujuria.

–¿Has... aprendido eso en un libro?

–¿Estoy dando la talla? –preguntó ella, encantada. Le gustaba que su voz sonara sensual y atrevida.

–Eso es algo que debería preguntarte yo a ti –la risa ronca del hombre mostraba que él también estaba encantado.

–Das la talla de sobra.

–Solo estamos empezando –dijo él, desabrochando su sujetador.

Reno se fijó en que ella se miraba los pechos un poco avergonzada.

–Tú también das la talla, Annie –le aseguró, acariciándola.

El placer fue increíble cuando los labios del hombre se cerraron sobre sus pezones. Cerrando los ojos, Annie enredó los dedos en su pelo y lo apretó fuerte contra sí.

Reno le quitó el vestido y se desnudó, sin dejar de mirarla a los ojos. Después, deslizó las manos por sus pechos, su vientre, entre sus muslos... jugueteando suavemente con los dedos y enviando olas de placer por todo su cuerpo.

Reno tomó uno de los preservativos y se lo puso con maestría mientras ella lo observaba.

Annie había esperado que le doliera un poco, pero no había esperado sentir aquel delicioso placer cuando el hombre se deslizó dentro de ella. Con un control férreo, Reno mantenía un ritmo lento, guiándola para que se moviera con él.

Cuando él bajó la mano para acariciar el centro de su femineidad, sin dejar de moverse dentro de ella, Annie gritó su nombre en éxtasis.

Las cosas iban mejor de lo que Mike había esperado. Pero estaba empezando a preocuparse porque se estaba quedando sin excusas ni pistas.

Sin excusas por no haber encontrado el tesoro de Curly todavía y sin pistas de dónde podía estar. Cuando ideó aquel plan, se había jactado delante de Héctor y Roger de haber visto el mapa y tener memoria fotográfica.

Mike estaba borracho aquella noche, pero se había dado cuenta de que los dos hombres no eran peligrosos. Solo eran dos aficionados de Florida, emocionados con la idea de encontrar un tesoro escondido.

La siguiente mella en el plan de Mike había ocurrido dos días antes cuando Roger había llegado a la cabaña con un detector de metales.

Roger había acariciado el aparato con la clase de amorosa admiración que la mayoría de los hombres reserva para sus novias o para sus Harleys.

–Es lo último en detectores de metales. Tiene frecuencia variable –había explicado mientras pasaba el aparato por cada centímetro del área que Mike había señalado como posible escondrijo del tesoro.

Afortunadamente, Mike había conseguido inutilizar el aparato al día siguiente, cuando Roger había salido a comprar y Héctor se había quedado dormido frente al televisor. Roger había ido inmediatamente a pedir uno nuevo, pero en la tienda le habían dicho que tendría que esperar unos días porque se habían quedado sin ellos.

Mike había suspirado, aliviado. Tenía unos días más.

—He visto un póster con tu foto en la oficina de correos —dijo Roger—. No estabas muy favorecido.

—¿Es que has cometido algún delito? —preguntó Héctor.

—No, solo le busca su familia.

—Quizá deberíamos devolverlo.

—¿Devolverme? ¿Qué soy, un paquete? —protestó Mike—. No puedes devolverme hasta que encontremos el tesoro.

—Pero si estás buscado por la ley...

—La única ley que hay en Bliss es un comisario y su ayudante, que no se entera de nada. Y con toda esa gente en el pueblo buscando el tesoro, no creo que tenga tiempo de venir a las montañas a buscarme.

—¿Y qué te hace pensar que Curly escondió su tesoro aquí y no en el pueblo?

—Ya te lo he dicho. He visto el mapa —mintió Mike—. ¿Qué cuatrero iba a esconder un tesoro en el pueblo?

—Eso tiene sentido —murmuró Roger.

—¿Y tu familia? Me da pena que estén preocupados por ti —dijo el buenazo de Héctor.

—Lo entenderán, no te preocupes –le aseguró Mike. Le dolía no poder avisar a su hermana, pero no podía arriesgarse. Cuanto menos supiera Annie, mejor–. Bueno, ¿qué hay de cena, chicos? –preguntó alegremente a sus captores.

Al final, Annie se había duchado. Pero lo había hecho con Reno y a la luz de las velas. Había sido una experiencia increíblemente romántica y... cegadora, porque solo tenía una vela.

—Mejor, así tendré que palpar –había dicho Reno.

—¿Y si nos caemos en la ducha?

—Deja de preocuparte y disfruta.

Y Annie lo hizo.

Cuando volvieron a la cama después, la expresión de Reno se volvió seria.

—Me he portado como un idiota.

Annie sintió que su corazón daba un vuelco.

—¿Lamentas lo que ha pasado?

—No es eso. No lamento haber hecho el amor contigo –contestó él, apartando el pelo de su cara–. ¿Y tú?

—No –contestó ella con firmeza–. ¿Por qué has dicho que te has portado como un idiota?

—Me refería a intentar ponerle una multa a Bobby.

—De modo que yo tenía razón –sonrió Annie, golpeándolo suavemente en el pecho–. Estabas celoso.

—Y eso es raro en mí –admitió él, con desgana–. Yo no soy un hombre celoso.

–Claro. Eres el hombre más guapo de Bliss.

–Mis cuñadas no estarían de acuerdo contigo.

–La verdad es que tus hermanos también son guapos –dijo Annie.

Reno sintió una punzada de envidia. Sus hermanos, además de guapos, eran hombres de los pies a la cabeza. Profundos, inteligentes y complicados. Y las mujeres inteligentes como Annie admiraban eso. Ella no había mencionado la palabra amor. Había dicho que lo deseaba. Pero ni siquiera en los momentos de pasión había dicho que lo amaba.

Reno se preguntaba si lo habría elegido como amante por su experiencia con las mujeres. Quizá después de haberse quitado eso de encima no seguiría queriendo estar con él.

No podía soportar la idea de que Annie estuviera con otro hombre. Él tampoco le había dicho que la amaba porque no sabía bien lo que sentía por ella. Y, siendo un conquistador como era, tampoco debería examinar sus sentimientos, pensó con amargura.

–Normalmente, no soy la clase de persona que hace las cosas sin reflexionar –le confesó ella entonces.

Reno no necesitaba que ella explicara a qué cosas se refería.

–Pues hay que tener cuidado. Si no se reflexiona, se puede llegar más lejos de lo que uno quiere.

–Yo siempre soy cuidadosa. Y mira dónde me ha llevado.

–A la cama conmigo –dijo Reno, con una sonrisa traviesa.

Mike no podía creer que, en un día, las cosas hubieran cambiado tanto. El día anterior había creído que lo tenía todo controlado, pero, aquella mañana, las cosas empezaban a escaparse de sus manos.

Todo había empezado cuando Héctor le había dado a Roger una relación de gastos.

–No tenéis que comprar esta comida de *gourmet* –dijo Mike, mirando el plato de cereales con frambuesas.

–No tenemos que comprarte comida en absoluto –gruñó Roger–. Nos hemos gastado un dineral y aún no sabemos si ese tesoro existe de verdad.

La expresión de Roger le recordó a Mike la de Sven cuando estaba seriamente enfadado.

–Estamos muy cerca –le dijo a sus captores–. Estoy seguro.

–¿Cómo de cerca? –preguntó Roger–. Llevamos dos semanas buscando y no hemos encontrado nada. Creo que deberíamos olvidarnos del asunto.

–¿Quieres decir que lo soltemos? –preguntó Héctor.

–Eso mismo. ¿Te parece mal?

–A mí me parece mal –los interrumpió Mike.

Cuando los dos hombres lo miraron, Mike se dio cuenta de que estaba pisando terreno resbaladizo.

–¿Desde cuándo un rehén no quiere ser liberado? –preguntó Roger, suspicaz.

–No es que no quiera ser liberado –mintió Mike.

–Estoy empezando a pensar que no sabes nada de ese tesoro –gruñó Roger, furioso. Mike no dijo nada. No sería buena idea discutir con sus secuestradores.

–¿Es que no lo he estado intentando? –preguntó Mike, señalando los falsos mapas que había dibujado–. Si el tesoro fuera fácil de encontrar, alguien lo habría encontrado hace tiempo. Pero creo que ahora tengo la pista definitiva.

–Ya –dijo Roger, irónico–. Se llama comida gratis.

–Estoy hablando de una mina abandonada –dijo Mike, señalando el mapa–. Creo que Curly enterró allí su tesoro.

–Llévanos allí –le ordenó Roger–. Y te lo advierto, si no encontramos algo... bueno, digamos que no me gustaría estar en tu lugar.

Mike tragó saliva.

Capítulo Nueve

El sábado era un gran día en Bliss. Más importante que el día de la Independencia, más importante que el día de la fiesta del pueblo. O eso decía Buck Best. Porque era su cumpleaños.

Y también era un día importante para Annie porque era la primera vez que estaría en público con Reno.

Se había probado la mitad del armario antes de decidirse. Como solo tenía cuatro vestidos, seis faldas y seis pantalones, la elección era muy limitada. Su escueto vestuario siempre le había parecido perfecto, pero en aquel momento habría deseado tener más opciones.

Por fin, decidió ponerse vaqueros y una camiseta azul con el cuello de encaje y se dejó el pelo suelto para él.

Mirándose en el espejo, se preguntaba si alguien podría notar que no era virgen. Que Reno y ella «lo habían hecho», pensó sonriendo. Reno la hacía sentir así: alegre, divertida. Y preocupada.

—Has hecho el amor con un hombre del que no sabes nada. No sabes qué música le gusta, ni siquiera sabes dónde vive exactamente. ¿Es eso juicioso? —se preguntó a sí misma—. Y hoy va a llevarte al rancho de su familia. ¿Qué vas a decir cuando Tracy empiece a hacerte preguntas? –se regañó a sí misma. Pero después tuvo que sonreír. Pensar en Reno siempre ejercía ese efecto en ella.

Estaba cambiando. Algo en ella había cambiado definitivamente.

Un golpe en la puerta impidió que siguiera regañándose a sí misma.

Reno estaba para comérselo, como siempre. El sombrero blanco era el mismo que llevaban muchos ciudadanos de Bliss, incluido Bobby Phenton, pero Reno lo llevaba sabiendo bien el efecto que ejercía en las mujeres.

–¿Me he dejado crema de afeitar en la cara o algo así? –preguntó, con una sonrisa.

–Solo estaba admirando el paisaje –contestó ella.

La sonrisa del hombre le dijo que a él le divertía esa nueva y descarada Annie.

–Yo estaba haciendo lo mismo, señorita –dijo él, echándose hacia atrás el sombrero y mirándola de arriba abajo de tal forma que Annie sintió que su corazón se aceleraba.

Annie aún no había encontrado una buena definición para el color de sus ojos. Sus hermanos y su padre los tenían azules, pero los de Reno eran de un verde esmeralda que nunca antes había visto.

Y hacían que se le doblaran las rodillas. Sin poder evitarlo, Annie lo tomó de la mano y lo hizo entrar en su casa. En cuanto cerraron la puerta, Reno tiró el sombrero sobre el sofá y la tomó entre sus brazos.

–Vamos a llegar tarde –murmuró ella, apartándose unos segundos después.

–Es verdad. Si vamos a ir, será mejor que nos vayamos ahora mismo –asintió Reno.

–¿Cómo que si vamos a ir? Claro que vamos a ir. Es el cumpleaños de tu padre.

–La verdad es que el cumpleaños de mi padre es en diciembre, pero este año ha decidido celebrarlo en junio –explicó Reno–. Dice que si la reina de Inglaterra puede tener un cumpleaños oficial y otro real, él también puede.

–Los miembros de la familia Best no tienen problemas de auto estima, ¿eh? –bromeó Annie.

Si ella supiera, pensaba Reno...

–«No pasar. No se permiten detectores de metales» –leyó Annie el letrero en la puerta del rancho Best–. La verdad es que no se me había ocurrido traer un detector de metales. Solo he traído una ensalada de tomate y una tartera con galletas.

–No subestimes el poder de tus... galletas –sonrió Reno, travieso.

¿Cómo no se había dado cuenta hasta entonces de que Reno tenía un hoyito en la mejilla? ¿Cómo podía haberse acostado con aquel hombre sin darse cuenta de eso?, se preguntaba Annie. ¿Qué clase de mujer era ella? Una mujer como su madre, una irresponsable. Aquel pensamiento apareció en su mente sin previo aviso.

–Oye, que era una broma –dijo él, al ver su expresión.

Annie se preguntaba cuál de sus miedos era más grande, ser igual que su madre o que Reno la dejara por otra mujer. O haberse enamorado de él. O que le rompiera el corazón.

Tenía muchas cosas por las que estar preocupada, desde luego, pero se negaba a estarlo aquel día. Aquel día se dejaría llevar y lo pasaría bien. Confiaría en su instinto y... en Reno.

–¿La gente sigue haciendo agujeros por todas partes? –preguntó, para olvidarse de sus preocupaciones.

–Sí. La gente se ha vuelto loca. Pero Barney y Fang se encargan de que nadie se meta en los jardines privados después de lo de las begonias de la señora Carruthers.

–¿Quién es Fang?

–Fang es el perro guardián que le han comprado a Barney.

–¿Es un pastor alemán?

–Es un Chihuahua.

–¿Un chihuahua?

–Sí. Lo compró la señora Battle.

–Ah –sonrió Annie, intentando no fijarse en los largos y fuertes dedos que rodeaban el volante y que podrían hacer que cualquier mujer se derritiera–. Me han contado lo del espectáculo en el bar de Floyd.

–Yo aún tengo pesadillas –sonrió él.

–¿Va a estar ella en la barbacoa?

–Todo el mundo estará en la barbacoa.

Reno tenía razón. Cuando llegaron a la casa, había un montón de coches aparcados. Annie admiró la vieja y elegante mansión, aunque estaba segura de que ni Buck ni sus hijos le darían aquel nombre.

Estaba pintada de blanco y un porche de madera la rodeaba. Era muy grande, pero daba una sensación de calidez que reflejaba el carácter de la gente que vivía allí.

Annie se dio cuenta entonces de que se parecía a la casa en la que su madre había instalado la comuna para artistas en Cedar Rapids. Pero aquella casa nunca había sido un hogar, más bien un motel del que nadie se preocupaba.

Su madre de nuevo. Annie cerró los ojos y se obligó a sí misma a pensar en otra cosa.

–¿Qué le has hecho a la pobre chica para que cierre los ojos de esa forma? –preguntó Buck al verlos.

–Le he hecho probar tu famosa salsa barbacoa –contestó su hijo.

La carcajada de Buck resonó por todo el jardín, en el que habían colocado una larga fila de mesas llenas de comida. Los manteles de cuadros rojos y blancos le daban un aire alegre a la celebración. Annie reconoció la ensalada de patatas de Tracy y el pastel de cerezas de Hailey.

Había algunos platos que reconocía y otros muchos que no, pero estaba deseando probarlos. Mientras Reno llevaba la ensalada y las galletas a la mesa correspondiente, el mayor de los Best la llevó hacia uno de los grupos en el que estaban Floyd, la señora Battle, Luanne, Geraldine, Tad Hughes y su hermana Alicia.

–Bueno, como os estaba diciendo, la regla número uno para una buena barbacoa es...

–Una barbacoa limpia –lo interrumpió Floyd–. Ya nos lo has dicho diez veces, Buck.

–Y el mayor error es...

–Hacer las cosas con prisa –volvió a interrumpirlo Floyd–. Oye, chico, me estoy haciendo viejo. ¿Vamos a comer o no?

Con casi ochenta años, Floyd era la única persona de Bliss que podía llamar chico a Buck Best.

–Estos viejos siempre tienen prisa –murmuró Buck, sacudiendo la cabeza.

–Te he traído una limonada –dijo Reno, acercándose a Annie.

Rodeada de amigos, Annie pudo olvidarse de sus preocupaciones y disfrutar del día. Sentada en un banco con Reno a su lado, podía ver las montañas. Ella era del estado de Iowa, casi completamente plano, y las montañas de Colorado, recortadas contra el cielo azul, eran una vista hermosísima.

Cuando se sentaron a la mesa, el tema de conversación fue el tesoro de Curly.

–Lo que no entiendo es que Jedidiah no se dedicara a buscar el tesoro cuando Curly le dio el mapa –dijo Cord.

–Por eso es una leyenda –explicó Buck–. No sabemos si mi bisabuelo encontró el tesoro y no se lo contó a nadie.

–Y tampoco sabemos si Jedidiah sabía que Curly fue fundamental para que Rebecca Best huyera con Rafael Hughes cuando los ganaderos estaban a punto de entrar en guerra con los granjeros –dijo Hailey.

–Ni siquiera sabemos cuánto dinero hay enterrado. Se dice que lo que enterró fue el fruto del robo al banco de Leadville.

Annie sabía que la cantidad que Curly había robado en el banco de Leadville eran sesenta mil dólares de la época porque Reno se lo había contado. Esa cantidad era una auténtica fortuna cien años después.

–No entiendo por qué todo el mundo está tan excitado –dijo Alicia, la hermana de Tad Hughes–. Yo estoy harta de oír hablar de ese Curly. Creo que voy a tener que marcharme de este pueblo hasta que se acabe esta fiebre.

–No sé cuándo va a terminarse –dijo Buck–. Todo el mundo está loco con lo del tesoro enterrado.

–No todo el mundo. A Murph no le interesa.

–¿Murph? –repitió Buck, incrédulo–. A Murph no le interesa nada.

–Eso no es cierto. Está interesado en mí –replicó Alicia. Después del anuncio, se levantó de la mesa dejando a Buck con un palmo de narices.

–Esto es increíble. Y me lo dice precisamente el día de mi cumpleaños.

–Alicia sabe que tu cumpleaños es en diciembre, papá –sonrió Zane.

–¿Tú sabías lo de Murph, Hailey? –preguntó Buck.

–A mí no me ha dicho nada –contestó la joven.

–A lo mejor lo ha dicho de broma –dijo el hombre, mirando a Murph, que estaba charlando con su amigo Earl–. Sí, tiene que ser eso.

Cuando Alicia se acercó al tímido peón, el hombre se tocó el ala del sombrero, nervioso.

Buck no volvió a hablar del incidente mientras apagaba las velas de la tarta de chocolate que Tracy había hecho para él.

—La primera vez que me sale bien —sonrió, besando a su suegro.

—Mamá, ¿nosotros también podemos tener dos cumpleaños como el abuelo? —preguntó Rusty.

—No hasta que tengáis su edad —contestó Tracy.

—Pero entonces, seremos viejos —protestó el niño.

—Muchas gracias —dijo Buck—. Puede que sea viejo, pero sigo ganando al juego de la herradura.

Annie le advirtió a Buck que ella no sabía jugar a la herradura, aunque el hombre no la creyó. Solo cuando la lanzó y estuvo a punto de cargarse una de las ventanas, él aceptó que, por seguridad, no debería volver a intentarlo. Pero se negó a aceptar una negativa cuando decidieron jugar al fútbol.

—Ya te he dicho que no me gusta el fútbol.

—No es solo fútbol. Es fútbol de contacto —sonrió Reno, mostrando el recién descubierto hoyito—. Tendré que enseñarte los movimientos.

—¿Y dónde vas a enseñarme eso? —preguntó ella, con las manos en las caderas.

—Conozco un sitio.

Reno la llevó detrás del granero, donde nadie podía verlos.

—Mira, yo tengo la pelota y tú tienes que quitármela. ¿Cómo vas a hacerlo?

—¿Qué tal así? —preguntó ella, levantándose la camiseta.

Por supuesto, Reno dejó caer la pelota.

—¡Eres una desvergonzada!

Annie se bajó la camiseta, sonriendo.

—¿Y qué?

—No te pongas chula, pequeña... —empezó a decir él, tomándola en sus brazos.

—A mí no me llames pequeña.

—Pero si el perfume viene en frasco pequeño —aseguró Reno.

—Ya, pues a mí me gustaría que esto fuera un poco más grande —murmuró ella, mirándose el pecho con tristeza.

—¿Sabes lo que me gustaría a mí? Que estuviéramos solos.

—Estate quieto. Mis alumnos están aquí. Y sus padres también.

—Y no estaría bien que tus niños vieran a su maestra haciéndolo con el comisario, ¿verdad?

—¿Te das cuenta de que ni siquiera sé dónde vives, Reno? —preguntó Annie entonces.

La pregunta podía parecer fuera de lugar en aquel momento, pero había estado pensando en ello durante todo el día. Sabía que Reno no vivía con su padre.

—Vivo en Bliss —dijo él.

—¿Pero dónde?

—Pensé que Geraldine te habría contado todos los detalles de mi vida.

–Yo no le cuento la mía a Geraldine –dijo Annie.

–Estoy rehabilitando una vieja casa a las afueras del pueblo.

–¿La de las persianas verdes?

–Esa. Según dicen, fue un burdel hace años.

–Ya veo. ¿Y eso es lo que te gusta de esa casa? –preguntó ella, con estudiada inocencia.

Reno negó con la cabeza.

–Me encantan los suelos y el artesonado del techo. Ya nadie hace trabajos así.

–Eso es lo que diría tu hermano Cord.

–Yo no soy como él –dijo Reno entonces–. Él habría terminado de arreglar la casa hace tiempo. Mi hermano es muy constante y, cuando empiece algo, lo termina. Yo soy más un picaflor.

Annie se preguntaba si Reno sería picaflor también con las mujeres. Desde luego, nunca había estado durante mucho tiempo con ninguna. Aunque ninguna de sus novias decía nada malo de él, todas parecían estar de acuerdo en que Reno era un hombre encantador, pero poco serio en los afectos. No era capaz de comprometerse.

Y eso no la importaba. ¿O sí? Ella no quería casarse con Reno... Annie no sabía si se estaba mintiendo a sí misma. ¿Estaba enamorada de él?, se preguntaba. ¿Explicaría eso la ternura que sentía por él? ¿Y qué sentía Reno por ella? Annie deseaba tener respuesta para todas aquellas preguntas.

–¡Señorita Benton! –la llamó Rusty, corriendo hacia ellos–. Va a empezar la carrera de carretillas. ¿Quiere estar en mi equipo?

–Claro.

–¿Prefieres la carrera al fútbol? –preguntó Reno.

–Tú puedes estar en el equipo de Lucky –dijo el niño, tomando a Annie de la mano.

–Si no quieres, no tienes que hacerlo –le dijo Reno cuando se colocaban en la línea de salida.

–¿Tienes miedo de que te gane? –sonrió ella tentadora, sujetando la carretilla en la que estaba montado un sonriente Rusty.

–Tus tretas femeninas no podrán evitar que gane esta carrera –dijo Reno.

Y tenía razón. Sus tretas femeninas no le impidieron ganar. Lo que se lo impidió fue una rueda rota en su carretilla. Annie ganó la carrera y Rusty empezó a dar palmas, encantado.

Después de eso, Annie se dirigió a la mesa de las bebidas, donde se encontró con Luanne y Sugar.

–No sabes cómo me alegro de que no te cortaras el pelo –dijo la peluquera.

–He decidido esperar, como me aconsejaste –sonrió ella, sacando una goma del bolsillo de los vaqueros para hacerse una coleta–. Estoy muerta de calor.

–No me extraña. Estando con Reno... –dijo Sugar.

–He visto la tarjeta que le hiciste a Luanne, Sugar –sonrió Annie–. La verdad es que es un diseño muy original.

–No ha sido nada. Deberías ver lo que he hecho para la página de Bliss en Internet.

–¿Te la ha encargado el alcalde? –preguntó Hailey, acercándose.

–El alcalde no sabe nada. Ni siquiera sabe cómo usar un ordenador –contestó la joven–. La he hecho yo sola para poner a Bliss en el mapa.

–Reno cree que ya somos demasiado conocidos –bromeó Tracy, sentándose con ellas.

–Pero es que a este pueblo le hace falta. En la página sale la historia de Curly, el libro que Hailey está a punto de editar y un montón de cosas más. Por cierto, Tracy, tendrías que echarle un vistazo a tu página. Se ha quedado anticuada.

Tracy parecía impresionada.

–La verdad es que tienes razón. ¿Querrías hacerlo tú? El diseño final tiene que contar con mi aprobación, desde luego. Pero te pagaré las horas que trabajes.

–Claro –asintió Sugar, con una sonrisa–. Tus clientes deberían poder hacer pedidos directamente, sin tener que hablar contigo por teléfono, y tienes que asegurarte de que las transacciones son seguras.

Después de haberlas dejado con la boca abierta, Sugar se levantó de la mesa.

–¡Vaya! Ésa era yo hace diez años.

–¿Tenías una talla 38 hace diez años? –bromeó Hailey–. Por eso te odiaba.

–Yo nunca he tenido una talla 38 –rio Tracy–. Me refería a su entusiasmo. Sería estupenda en publicidad.

–Su madre cree que ya se publicita lo suficiente –dijo Luanne–. Pero creo que tiene mucho potencial. Si me dejara arreglarle el pelo, claro.

Alicia Hughes se acercó a ellas con Murph a su lado.

–Qué fiesta tan divertida, ¿verdad, Hailey? –sonrió, mirando a su sobrina.

–No sé si Buck está de acuerdo con eso.

–Él y mi hermano Tad siguen haciendo planes para encontrar el tesoro –replicó la mujer–. No piensan en otra cosa.

–Yo no estaría tan segura.

–Vaya, no puedo abrir esto –se quejó Alicia, intentando abrir una bolsa de panchitos.

–Trae, yo lo haré –dijo Murph, sacando una navajita del bolsillo.

Annie la miró, sorprendida. No podía ser...

–¿Es que nadie se ha enterado de que he estado a punto de morir atropellado por varias carretillas? –dijo Reno, acercándose a la mesa–. ¿Alguien se ha preocupado por mí? Nadie. Ni un alma.

–¿Te importaría si le echo un vistazo a esa navaja, Murph? –preguntó Annie.

–Claro que no –dijo el hombre.

–¿Qué ocurre, Annie? –preguntó Reno, al ver su expresión.

–Esta navaja es de mi hermano –murmuró, temblorosa–. No va a ningún sitio sin ella.

Capítulo Diez

—¿Dónde la has encontrado? —le preguntó Annie al peón, con voz temblorosa.

—La encontré ayer en la montaña, cerca de una mina abandonada —contestó Murph, con expresión reservada.

—¿Seguro que es de Mike?

—Claro que estoy segura. Se la regalé yo el año pasado.

—Hay muchas navajas de este estilo...

—No con una marca en forma de interrogación como esta —dijo Annie, mostrándosela—. Mike puede estar herido. Puede haberse caído en la mina...

—Tu hermano no es un crío.

—Pero tampoco es un hombre acostumbrado a las montañas —dijo Annie, con los ojos llenos de lágrimas.

Reno se las secó con un dedo, mirándola con ternura.

—No llores. Iremos a buscarlo ahora mismo. Aquí hay voluntarios suficientes. Y llamaré a la patrulla de rescate, no te preocupes.

—Me siento tan culpable. Debería haber hecho algo, en lugar de distraerme...

—Conmigo —terminó Reno la frase por ella.

–Voy contigo –dijo Annie, decidida.

–Es mejor que no. Estás asustada y no piensas con claridad.

–No he pensado con claridad desde que te conocí.

Reno intentó no sentirse herido por sus palabras.

–Además, no conoces las montañas.

–Pero yo...

–No vienes con nosotros, Annie. No insistas. Cuidad de ella, ¿de acuerdo? –le dijo a sus cuñadas.

–Claro –dijo Tracy, tomándola por los hombros–. Marchaos, Reno. Y buena suerte.

Murph le había dado a Reno indicaciones suficientes como para encontrar la mina abandonada. Reno conocía el camino y sus hermanos, que lo acompañaban, también.

Llegaron al pie de la montaña en jeep y después de sacar unas mochilas empezaron a hacer el camino a pie.

La montaña era majestuosa y, en comparación, ellos parecían tres enanos.

Media hora después, Reno se paró para tomar un trago de agua.

–He oído que hace un par de noches vieron tu coche aparcado frente a la casa de Annie –dijo Zane.

–Tuve un problema... con el motor –mintió Reno.

—¿Se te estropeó el coche justo delante de la casa de la maestra?

—Sí ¿y qué?

—Nada. Espero que hayas solucionado el problema —bromeó Zane, como solía hacerlo con su hermano pequeño.

—Déjame en paz —murmuró Reno.

—Vaya, vaya.

—¿Vaya, vaya qué? —preguntó Reno.

—Nada. Que tienes cara de hombre enamorado.

—Pues entonces necesitas gafas, como papá.

¿Enamorado? Reno pensó en ello durante un momento, sacudiendo la cabeza.

—¿Qué pasa? —preguntó Cord llegando en ese momento a su lado.

—Que Reno se ha contagiado —contestó Zane.

—¿De qué?

—Del bichito del amor —rio Zane.

—No tengo tiempo para esto —dijo Reno, irritado—. Estamos buscando a un hombre, por si se os ha olvidado.

—Has sido tú el que se ha parado —le recordó Zane.

Reno lo miró con ojos asesinos y siguió subiendo por el camino.

—El bichito del amor. Qué tontería —iba murmurando.

—Está fatal —asintió Cord—. Reconozco los síntomas.

—Vosotros dos haríais mejor buscando pistas del hermano de Annie, en lugar de charlotear como dos cotorras —dijo Reno, enfadado.

–Se atreve a insultarnos –comentó Zane, fingiendo indignación.

–Está perdiendo la cabeza.

–Eso es algo que ocurre cuando te enamoras. Es un hecho –dijo Zane–. Las mujeres te comen las neuronas.

–Lo que es un hecho es que yo puedo matar a mis hermanos en mi condición de comisario si entorpecen mi labor –advirtió Reno.

–No nos puedes matar. Necesitas nuestra ayuda para encontrar a Mike.

–Para lo que estáis haciendo, podría estar solo. ¡Y como alguien vuelva a decir la palabra amor, le pongo una multa!

Una hora más tarde llegaban a la mina abandonada. El lugar estaba desierto, pero estaba claro que alguien había estado allí recientemente.

–Hay tres tipos de huellas –murmuró Reno, inclinándose para observarlas.

–¿Dónde crees que pueden estar? –preguntó Zane.

–Solo hay dos cabañas por aquí. Una a dos kilómetros al este y otra un poco más cerca, al norte –contestó el comisario, sacando una radio de la mochila–. Será mejor que nos separemos. Vosotros, id a la cabaña del este, yo iré a la del norte. Comprobad si hay o ha habido alguien allí. Nos mantendremos en contacto por radio. ¿Alguna pregunta? Pues andando.

–¿Dónde vas? –preguntó Sugar al ver a Annie ensillando un caballo.

Annie se volvió, cortada. Se sentía mal por haber engañado a Tracy diciéndole que necesitaba estar sola.

–Nadie te molestará aquí –le había dicho la cuñada de Reno, llevándola al dormitorio de invitados–. Quizá deberías tumbarte un rato. Si hay alguna noticia, vendré a decírtelo.

Annie había esperado diez minutos antes de salir de la habitación y había llegado al establo escondiéndose detrás de unos arbustos. Y allí estaba, tomando prestado uno de los caballos de los Best. Algo por lo que la habrían ahorcado en los tiempos de Curly.

–¿Dónde vas? –repitió Sugar.

–A buscar a mi hermano.

–Yo conozco un atajo para llegar a la mina.

–¿De verdad? –preguntó Annie, sorprendida.

–Es mejor que vayamos en coche hasta la falda de la montaña.

–No creo que sea buena idea que vengas conmigo –dijo Annie, quitándole la silla al caballo.

–Tampoco es buena idea que vayas tú sola, pero eso no va a detenerte.

–Mike es mi hermano.

–Y yo... bueno, da igual –replicó Sugar–. Bueno, ¿qué? ¿vamos a perder el tiempo discutiendo o nos ponemos en camino?

–Vamos –contestó Annie.

–¡Somos ricos! –exclamó Roger en la cabaña.

–Hay oro en esas colinas –farfulló Héctor,

imitando la voz de John Wayne–. Siempre he querido decir eso.

–Ya os lo dije, chicos –dijo Mike, agradeciendo al cielo que aquellos aficionados no hubieran visto nunca lo que llamaban en el oeste el oro de los tontos. La mina de oro abandonada a la que los había llevado tenía numerosas vetas de aquel metal sin valor y siempre impresionaba a los profanos.

–Una mina de oro toda para nosotros. ¿Seguro que no es de nadie? –preguntó Roger.

–Para ser el propietario de una mina hay que trabajarla y esta lleva inactiva más de cincuenta años –contestó Mike.

–Lo primero que haremos mañana por la mañana será ir a registrarla.

–¿Registrarla? –repitió Héctor.

–Habrá que ponerla a nuestro nombre –dijo Roger–. Mañana deberías ir al pueblo para enterarte de todos los detalles. Eso es lo tuyo.

–Es verdad. Yo me encargo de los detalles –asintió el gigante.

–La verdad es que yo tenía mis dudas cuando tardaste dos días en encontrar la cámara dentro de la cueva –dijo Roger, dirigiéndose a Mike.

–Es una mina, no una cueva –corrigió él–. Pero no importa. Hemos encontrado el oro, ¿no?

–Esto es mejor que el tesoro de Curly –asintió Roger, satisfecho.

–Yo sigo pensando que lo escondió cerca de esta mina –dijo Mike.

–Y eso significa que tenemos no solo una mina de oro, sino el tesoro de Curly, *El bizco*. Ya verás cuando se lo cuente a mi ex mujer. Va a lamentar haberme abandonado.

–Bueno, esto hay que celebrarlo –dijo Héctor.

–¿Qué tal una partida de póquer? –sugirió Mike.

Reno no podía creer lo que estaba escuchando a través de la ventana abierta de la cabaña. Mike estaba de acuerdo con aquellos dos tipos.

¿Quiénes serían? ¿Compañeros de juego? Reno no conocía a ninguno de los dos hombres, uno de ellos bajito y musculoso, el otro con aspecto de boxeador.

Reno volvió sobre sus pasos hasta que estuvo suficientemente alejado de la casa y llamó por radio a sus hermanos. Después volvió para enfrentarse con el sinvergüenza del hermano de Annie. Aunque hubiera deseado darle una patada a la puerta, esperó un poco más para asegurarse de que no había interpretado mal lo que había escuchado antes.

Pero no podía interpretar mal la partida de póquer que los tres estaban jugando mientras los observaba agazapado bajo una ventana. Como no podía interpretar mal las trampas que Mike estaba haciendo.

–Desde luego, mi ex mujer se va a arrepentir de haberme dejado –estaba diciendo Roger.

Reno había oído suficiente. Se acercó a la puerta trasera y entró en la casa con un simple empujón.

–¡Policía! ¡Que no se mueva nadie! Levanten

las manos donde yo pueda verlas. Por encima de la cabeza –ordenó. Cuando los dos desconocidos intentaron salir corriendo, Reno le puso la zancadilla al gigante, que cayó sobre el otro como si fuera un árbol vencido. Una vez en el suelo, esposó a los dos pardillos a una viga.

–Y ahora me gustaría saber por qué unas personas honradas intentan salir corriendo cuando ven esto –dijo, señalando la estrella de comisario que llevaba en la camisa.

–¡Nosotros no lo hemos secuestrado! –gritó Roger.

Después de cachearlos para comprobar que no llevaban armas, Reno se volvió hacia Mike, que no se atrevía a mirarlo.

–Además de hacer trampas a las cartas, deber un montón de dinero y dejar que tu hermana tuviera que lidiar con un prestamista sin escrúpulos, ¿te importaría explicarme qué demonios está pasando aquí? –demandó Reno con expresión furiosa. Como Mike no contestaba, el comisario lo tomó por la camisa–. ¡Contesta!

–¡Suelta a mi hermano! –escuchó una voz tras él. Cuando se volvió, se quedó sorprendido al ver a Annie en la puerta de la cabaña–. ¡He dicho que lo sueltes!

–Gracias a Dios que has venido, Annie –dijo Mike, dirigiéndose hacia su hermana. Su anterior expresión de culpabilidad había sido reemplazada por una de desesperación infantil.

–Ha sido horrible. Esos dos hombres me secuestraron. Y luego Reno ha intentado pegarme –sollozó, señalando a Reno que, incrédulo, sacudía la cabeza. Sería el primer secuestro en el que los captores jugaban a las cartas tranquilamente con el secuestrado. Aquello era un timo y Reno tenía la impresión de que el timador era Mike y no los dos tontos que estaban esposados.

Abrazando a su hermano, Annie miró a Reno como si quisiera fulminarlo.

–¿Es así como tratas a las víctimas de un secuestro?

–Él no es ninguna víctima, Annie –dijo Reno.

–¡No pensarás que es el culpable! –exclamó ella–. Sé que estás furioso con él desde que te exigí que me ayudaras a encontrarlo. No te apetecía nada tener que ponerte a investigar. Pues ya no tienes que molestarte, pero en lugar de gritar a mi hermano, deberías arrestar a esos secuestradores.

Reno se dio cuenta de que sería absurdo intentar contarle la verdad en aquel momento. Ella no lo creería y él no tenía valor para decirle que su hermano era un estafador.

De modo que no se defendió. Hubiera sido una pérdida de tiempo.

Lo que lo sorprendió fue que Annie se pusiera del lado de su hermano sin darle siquiera una oportunidad. Por eso nunca había querido enamorarse. Porque dolía demasiado.

Ignorándola a ella y a su hermanito, Reno se llevó a los hombres hacia la furgoneta que había visto aparcada frente a la cabaña.

Su trabajo estaba hecho. Ella solo lo quería para que la ayudara a encontrar a su hermano y, como Mike había aparecido, Annie ya no lo necesitaba.

Capítulo Once

–¿Seguro que te encuentras bien? –preguntó Annie, abrazando a su hermano, como si no pudiera creer que lo había recuperado.

–Estoy bien.

–Ya sabía yo que estarías bien –dijo entonces Sugar, que se había quedado esperando en el porche.

–¿Cómo sabías lo de esta cabaña, Sugar? –preguntó Annie entonces. Había estado intentando juntar las piezas de aquel rompecabezas, pero algo no encajaba...

–Cuando Murph dijo que había encontrado la navaja cerca de la mina, recordé que Mike me había traído aquí una vez para enseñarme el oro falso.

¿Mike había llevado a Sugar a la cabaña? Ella ni siquiera sabía que fueran amigos.

–¿Tú sabías que Mike estaba aquí secuestrado? –le preguntó abruptamente.

–Claro que no –contestó la joven con vehemencia–. Pero yo no estoy tan segura de que lo hayan secuestrado.

–¿Qué he hecho yo? –preguntó Mike con el tono ancestral de un hombre acusado injustamente por una mujer.

—Tú sabrás —murmuró Sugar.
—Lo habían secuestrado —insistió Annie.
—¿Tú crees? —el tono de Sugar era de escepticismo.

Annie la miró, sorprendida.

—¿Qué estás intentando decir? ¿Qué se ha secuestrado él mismo?
—Yo no lo descartaría —contestó ella.
—¿Para qué?
—Mike tenía sus razones, ¿verdad? —la pregunta de Sugar era un reto directo.

Annie se percató de algo entonces. Sugar conocía los problemas de su hermano.

—Tú sabes algo de Sven y de la deuda que mi hermano tiene con él.
—Sabía que Mike tenía una deuda de juego porque me pidió dinero prestado.
—¿Le pediste dinero a Sugar? —dijo Annie, incrédula. Mike se encogió de hombros—. Si tú sabías que mi hermano tenía problemas, ¿por qué no me dijiste algo? ¿No se te ocurrió pensar que podían haberle hecho daño?
—Mike siempre sabe cómo caer de pie —contestó Sugar.
—Esto es increíble —murmuró Annie—. Ese Sven podía haberme hecho daño, Mike.
—Sven nunca te haría daño —aseguró entonces su hermano—. Si no fuera así, no habría planeado... —Mike no terminó la frase, al darse cuenta de que había hablado demasiado.
—¡Lo sabía! —exclamó Sugar, triunfante—. Sabía que tú habías planeado todo esto. No te han secuestrado, ¿verdad? Tú planeaste que esos dos

pobres tontos se quedaran contigo aquí para que Sven no te encontrase. Y seguro que sacaste la idea del libro de O.Henry que te presté.

–Un momento –murmuró entonces Annie, dejándose caer sobre una silla–. ¿No te han secuestrado?

–Piensa un poco, Annie –dijo Sugar–. ¿Quién pagaría para recuperar a Mike?

Annie leyó la respuesta en la cara de su hermano. En ella estaba escrita la palabra culpa en letras mayúsculas.

–Pero, ¿por qué?

–Lo siento, Annie –se disculpó Mike, cayendo de rodillas frente a ella, como solía hacer cuando eran niños–. Estaba en un bar tomando unas copas y me pareció la mejor idea para librarme de Sven durante un tiempo. Escuché a Roger y Héctor hablar del tesoro y me aseguré de que me oían mientras le contaba a todo el mundo que había visto el mapa. En el aparcamiento se acercaron a mí, como yo esperaba, y me propusieron ir a medias.

–¿Por qué no me dijiste que tenías problemas? –preguntó Annie–. Yo te habría ayudado.

–Sé que no quieres que juegue y...

Annie se puso furiosa. Mike le había mentido. No una, sino muchas veces, sobre las cartas, sobre sus deudas, sobre el secuestro.

–Por eso Reno se puso tan violento contigo, ¿verdad? –estaba diciendo Sugar–. Porque se había dado cuenta de que todo esto era idea tuya.

–Debería haber dejado que te pegara –murmuró Annie.

—Yo lo haré —dijo Sugar acercándose a Mike.

—Annie, ayúdame —imploró su hermano cuando Sugar le dio una bofetada.

Pero Annie había salido corriendo de la cabaña, decidida a pedirle disculpas a Reno.

No fue tan fácil. No estaba acostumbrada a conducir el jeep de Sugar y no le entraban bien las marchas. Cuando llegó a la comisaría, Reno le sacaba más de media hora de ventaja.

—Tengo que ver a Reno —dijo Annie, sin aliento.

—Lo siento, pero ahora está ocupado con los dos secuestradores —le explicó Opal.

—Pero si no lo han secuestrado... bueno, lo hicieron, pero el plan era de mi hermano. En cualquier caso, tengo que hablar con Reno.

—Le diré que estás aquí —dijo la secretaria, entrando en el despacho del comisario—. Lo siento, pero Barney tomará el atestado. ¿Dónde está tu hermano ahora?

—En la cabaña, con Sugar. Zane lo va a traer a la comisaría. Me encontré con él cuando bajaba y...

—¿Y qué tiene mi hija que ver con todo esto? —la interrumpió Opal, asustada.

—Nada. Solo me enseñó un atajo para subir a la cabaña.

—No quiero ni saber cómo conocía ella ese atajo —murmuró Opal—. Sé que estaba disgustada por la desaparición de Mike.

—Parece que mi hermano y ella son algo más que amigos.

Opal asintió, comprensiva.

—Vaya. Yo soy la última que se entera de todo.

Pero Annie no la escuchaba. No podía dejar de pensar en Reno. ¿Seguiría enfadado con ella? ¿Podría perdonarle su falta de confianza?

Una hora más tarde, tuvo su respuesta. Reno estaba demasiado ocupado para verla y no sabía cuándo podría hacerlo.

–Lo siento, Annie –dijo Opal.

–Yo también –suspiró ella.

–Lo he estropeado todo –le estaba diciendo Annie a Tracy y Hailey a la mañana siguiente mientras removía furiosamente azúcar y mantequilla con una cuchara de madera.

–Has cometido un error –dijo Hailey, dándole un golpecito cariñoso en el hombro–. Eres humana. Todos cometemos errores.

–Vosotras no.

–¿Que no? –repitió Hailey, incrédula–. Estás hablando con una mujer que no podía acercarse a un metro de Cord sin meter la pata.

Annie dejó de remover el azúcar y la mantequilla y la miró, sorprendida.

–Pero parecéis tan... no sé, hechos el uno para el otro.

–Sí, pero no fue todo tan fácil. Hasta que me di cuenta de qué era lo que quería de verdad. Y lo que quiero de verdad es escribir y... a Cord.

–A ti te gusta enseñar –le dijo Tracy–. Y parece que has encontrado a alguien que también te gusta mucho, ¿no? Pues ahora lo que tienes que hacer es perseguirlo.

Tracy lo hacía parecer muy fácil, pero no lo era.

—He metido la pata hasta el fondo. Y no sé cómo arreglarlo.

—Nosotras te ayudaremos. Somos expertas en los hombres de la familia Best.

—Bueno, expertas quizá sea una palabra demasiado fuerte —dijo Hailey.

—Bah.

—Eso es lo que siempre dice Buck —rio Hailey—. Estás empezando a parecerte a tu suegro.

—También es tu suegro, rica —sonrió Tracy.

—Pero yo no digo «bah».

—Yo no tengo tanto valor como vosotras.

—Por favor, Annie —dijo Tracy—. Yo era una cobarde. ¿Por qué si no crees que hui de Chicago?

—Porque estabas buscando una nueva vida.

—¡Porque pillé a mi novio con otra en la cama! —rio Tracy—. Ni siquiera le eché una bronca. Metí la maleta en el coche y me vine aquí.

Annie no podía creer que Tracy fuera una cobarde.

—Tú tenías un descapotable, yo tengo un cacharro.

—No somos lo que conducimos. En serio, yo soy tan cobarde como cualquiera.

—Si tú lo dices —murmuró Annie, aunque no sonaba convencida.

—Por cierto, yo creo que el truco para recuperar a Reno es ropa interior de encaje.

Annie soltó una carcajada.

—¿Yo? ¿Pero tú me has mirado? —dijo, señalando su pecho–. No soy precisamente un cañón de mujer.

–Oye, hay sujetadores que hacen milagros. Lo que necesitas en un sujetador con aros.

–Por muchos aros que me ponga...

–Por favor, Annie, una chica con tanto carácter como tú. Si le echaste el lazo a Reno en mi porche.

–En realidad, no fui yo. Fue Rusty.

–Bueno, pero tú conseguiste que Reno cayera de rodillas.

–De boca, más bien.

–Pues eso es lo que tienes que hacer. Con ropa interior de encaje. Negro –sonrió Tracy, traviesa.

–No quiero recuperar a Reno usando trucos baratos.

–No es así como lo vas a recuperar –explicó Tracy pacientemente–. Así es como vas a llamar su atención.

–Hay una diferencia –añadió Hailey.

–¿Tú hiciste eso con Cord?

–Bueno, me vestía para llamar su atención, desde luego, pero no sé si fue por eso por lo que se enamoró de mí –rio la joven.

–Se enamoró de ti porque es el más inteligente de la familia –dijo Tracy.

–¿Y Zane?

–El más obstinado. Y Reno, es el más encantador.

–Eso ya lo sé –murmuró Annie.

–Por eso es justo que alguien le devuelva algo de ese encanto –aconsejó Tracy.

–Me parece que no os dais cuenta de lo enfadado que está conmigo –suspiró Annie–. Y yo no pienso colocarme un marabú rojo en el cuello.

–Claro que no. Además, eso ya lo hizo la señora Battle. Lo que tú harás tendrá lugar en tu casa y no se enterará nadie.

–¿Y cómo voy a conseguir que Reno venga a mi casa?

Tracy le guiñó un ojo.

–Es el comisario de Bliss, ¿no? Tiene que estar donde lo necesitan.

–Eso sí que no –exclamó Annie–. No puedo hacer eso. Seguro que es ilegal.

–Depende de lo que quieras hacer con él –sonrió Tracy.

–¡Maldita sea mi suerte! ¿Es que un hombre no puede venir a visitar a su hijo sin que lo pongan perdido de serrín? –exclamó Buck en el porche de la casa de Reno.

–Lo siento. No te había visto.

–Cord no tiene tanto serrín en casa y él trabaja todo el día con madera.

–Ya, bueno, es que yo no soy Cord –replicó Reno con amargura–. Él habría terminado esta casa hace años.

–Lo dudo. Ya sabes que es un perfeccionista.

–Mejor ser un perfeccionista que un picaflor –murmuró Reno. Estaba decidido a poner las puertas aquel día. Quizá de ese modo se sentiría mejor.

–He venido para hablar contigo sobre ese chaval desnudo del arco y las flechas.

–¿Hay alguien cazando en pelotas en la montaña? –preguntó Reno, sorprendido.

–Estoy hablando de Cupido, hijo. He venido a que me des consejo sobre... una persona del sexo femenino.

–Pues has venido a pedirle consejo a la persona equivocada –suspiró Reno, volviendo su atención de nuevo hacia la puerta que estaba lijando.

Buck lo miró, confuso.

–Pero si tú eres el que se las lleva de calle. Zane y Cord no tienen ni idea, pero tú eres un experto.

–Ya no.

–¡Maldita sea mi suerte! Pues menudo momento has elegido para dejar de ser un experto.

–Lo siento.

–¿Y cuál la causa de ese cambio? –le preguntó su padre.

–Ninguna en especial.

–Bah –replicó Buck–. Es por Annie. Una chica muy maja, aunque no le guste el fútbol.

–Papá, lo de Annie es historia –dijo Reno, impaciente.

–La especialista en historia es Hailey –sonrió su padre–. Y yo.

–Papá, no me estás escuchando.

–Porque estás diciendo tonterías.

–Es que yo no soy tan profundo como Zane y Cord –replicó Reno.

–¿Cómo que no eres tan profundo? ¿A qué te refieres?

–Es la verdad. Siempre he salido adelante por mi encanto.

-Y por tu valor, hijo. Dos cosas muy importantes. Eres un chico encantador porque eres simpático y agradable. Y también porque nunca te quejas de nada, nunca abandonas, como los buenos vaqueros.

-He abandonado siempre en mis relaciones con las mujeres.

-Porque estabas esperando a la mujer de tu vida. Esa que tiene una sonrisa por la que irías al infierno -dijo su padre suavemente.

-Pues la mujer de mi vida no parece pensar que yo soy el hombre de la suya.

-Ese precisamente es mi problema -asintió Buck.

-¿Quieres una cerveza?

-Estupendo -contestó el hombre.

La cocina tampoco estaba terminada. Las paredes y el suelo estaban a medias y, aunque le gustaría imaginarse a Annie haciendo allí sus galletas, no podía.

-¿Para qué has venido, papá?

-Ya te lo he dicho. Necesito consejo. Ya escuchaste a Alicia en la barbacoa. Ahora dice que le gusta Murph. Y, encima, está enfadada conmigo.

-A lo mejor es que se siente poco atendida. Con todo esto del tesoro de Curly, quizá no la has prestado suficiente atención.

-¿Y qué me recomiendas?

-Que la cortejes, a la antigua.

-¿Cortejarla? -repitió Buck, horrorizado-. ¿Te refieres a flores y cosas así? Pero yo no he cortejado a una mujer desde que conocí a tu madre. Hasta ahora, cuando quería ver a Alicia le decía que viniera conmigo a cenar o al cine, y ella siempre decía que sí. ¿Tú crees que debo cortejarla?

–Sí. ¿Tú crees que se lo merece?

–Claro –contestó el hombre–. Pero es que yo... a mí esas cosas se me dan tan mal como a tus hermanos.

–¿Y de dónde he sacado yo el encanto?

–De tu madre. Ella tenía un don con la gente y tú lo has heredado, hijo.

–No todo el mundo piensa que es un don.

–¿Qué piensa Annie?

Reno se encogió de hombros.

–Ella es demasiado seria para mí. No estoy preparado para... bueno, ya sabes.

Los ojos azules de Buck brillaron con sabiduría.

–¿A quién quieres engañar, hijo? ¿A mí o a ti mismo?

Annie apretaba contra su pecho el paquete que acababa de llegar por mensajero. Había tardado cuarenta y ocho horas en reunir valor después de hablar con Tracy y Hailey.

Había pensado pasar la mañana arreglando la casa, pero en aquel momento se rebelaba contra todo lo que hasta entonces había sido su vida.

Se había confinado a sí misma, negándose un montón de cosas. Y era el momento de parar.

No tenía que ser tan responsable todo el tiempo. Se había dado cuenta de ello con alivio.

Ella no era responsable de la vida de su madre y tampoco lo era de lo que Mike hiciera con su vida. Su hermano era responsable de sus propias acciones y se había enfrentando con él el día anterior.

—Las cosas van a ser diferentes a partir de ahora.

—No tienes que decírmelo —había contestado él—. Sugar me ha convencido. He aceptado un trabajo en el bar de Floyd para pagar a Sven. El propio Floyd le enviará directamente los cheques y Sugar estará a mi lado, pendiente de que no vuelva a las andadas.

—Deberías ser tú quien hiciera eso, Mike.

—Lo sé. Y lo intentaré. Pero la cuestión es que no tienes que seguir cuidando de mí. Es hora de que cuides de ti misma.

Que era más o menos lo que Tracy y Hailey le habían dicho. Y, por fin, Annie había entendido el mensaje. Todos ellos tenían razón. Era el momento de ir en busca de lo que quería. Hacer lo que era bueno para ella. Y, en aquel momento, lo que era bueno era ser un poco descarada.

Annie tomó el teléfono y, sonriendo, hizo un par de llamadas.

Reno recibió el informe después de comer.

—Han informado de un robo —escuchó la voz de Opal en la radio del coche patrulla.

A pesar de la locura de gente que había en Bliss, el último robo había tenido lugar dos años atrás, cuando alguien se había llevado el retrato de Curly del Ayuntamiento. Unos días más tarde, Reno había descubierto a los culpables:

un grupo de críos que habían devuelto el retrato después de pedir disculpas.

Pero la dirección que Opal le había dado no era la del Ayuntamiento. Era la casa de Annie.

Reno se quedó helado. Annie. Furioso por su falta de confianza, la había evitado, intentando convencerse a sí mismo de que ella no era mujer para él y él no era hombre para ella. Tras la visita de su padre unos días antes, incluso había evitado a cualquiera que hablase de ella. Tracy, Hailey, Geraldine de la oficina de correos...

Mientras se dirigía hacia su casa, no dejaba de recordar el día que ella había interrumpido su almuerzo para exigirle que buscara a su hermano, el día que había tenido que rescatarla del bar de camioneros. Recordaba cómo lo había mirado con pasión aquella noche...

Reno subió las escaleras del porche con la pistola en la mano. La puerta estaba abierta de par en par, pero no había signos de haber sido forzada.

El salón y la cocina estaban vacíos. ¿Dónde estaba Annie? ¿Y el ladrón? ¿Estaría armado? ¿Tendría a Annie secuestrada? ¿Dónde estaba?

Cuando entró en su dormitorio, encontró la respuesta.

Annie estaba en la cama, con un diminuto conjunto de ropa interior negra y Reno se sintió como un idiota entrando en su dormitorio con la pistola en la mano.

–Puede guardar el arma, comisario –murmuró ella.

Capítulo Doce

—¿Estás loca? —exclamó Reno, incrédulo—. Podría arrestarte por denunciar un robo que no existe.

—Pero es que me han robado —replicó ella.

—Sí, seguro. ¿Qué te han robado? ¿La cordura?

—El corazón. Y puedo ayudarte a identificar al ladrón.

—Para probar que ha sido robado, tendría que haber sido entregado a la fuerza.

—Bueno, al principio fue así. Y después, estaba demasiado ciega como para darme cuenta de lo que estaba pasando. Pero ya no estoy ciega.

En lugar de tomarla en sus brazos, Reno seguía en el centro de la habitación y Annie empezaba a sentirse ridícula medio desnuda en la cama. El conjunto de encaje no le había parecido tan escandaloso en las páginas del catálogo, pero cuando se lo había puesto...

Annie miró fugazmente sus pechos para comprobar si seguían ocultos. Casi no los reconocía. Era increíble lo que podía hacer un sujetador.

—No me puedo creer que hayas montado este lío —dijo Reno. Francamente, ella tampoco podía creerlo–. ¿Tienes idea de lo peligroso que es lo que has hecho? Podría haberte disparado –siguió él, guardando el arma–. Y no es la primera vez que haces una locura. Primero, te metes en un bar de camioneros vestida como una corista, después intentas seguir el coche de un matón profesional y luego me sigues hasta la cabaña cuando yo te había pedido que te quedaras en el rancho. Esos secuestradores podrían haber sido reales.

–Siento haberte juzgado mal, pensando que le harías daño a mi hermano –se disculpó Annie con sinceridad.

–Iba a hacerle daño. Se había portado como un imbécil –dijo Reno, furioso.

–Es verdad. Siento mucho lo que ha pasado.

–Parece que esos tipos han vuelto a Florida y nadie ha presentado cargos. Los tres han tenido suerte. Pero tú podías haberte metido en un buen lío entrando en la cabaña sin avisar.

–Te vi por la ventana...

–No quiero oírlo –la interrumpió él.

–Ya sé que no quieres escucharme –exclamó ella, harta de su actitud–. Por eso he tenido que hacer esto. No querías hablar conmigo, no me devolvías las llamadas...

–Necesitas alguien que cuide de ti, Annie –dijo él, mirándola fijamente.

Annie se arrodilló sobre la cama y le devolvió la mirada.

–Si eso es lo que piensas, deberías solicitar el puesto... permanentemente.

Mirando aquella figura frágil sobre la cama,

Reno se rindió a la verdad que había sabido siempre en su corazón, pero no había querido admitir. Sus hermanos tenían razón. Estaba loco por ella. Annie lo hacía desear cosas que nunca antes había querido con ninguna otra mujer.

–No sé si va a ser permanente –dijo él, con expresión solemne. Annie sintió que su corazón se detenía. Reno no la amaba–. Solo puedo prometerte sesenta o setenta años.

El comisario era hombre muerto, pensó Annie, tirándole una almohada que él evitó, soltando una carcajada.

–¿Es así como respondes a una petición de matrimonio? –preguntó Reno, fingiendo indignación.

–Lo has hecho a propósito.

–¿Qué? ¿Pedirte que te cases conmigo? Pues claro que sí.

–¿Me estás diciendo que eso es lo mejor que un famoso conquistador como tú puede hacer?

–No puedo decir otra cosa porque me dejas sin aliento –dijo él con voz ronca.

–Es el sujetador –murmuró Annie.

–Eres tú. Te quiero. Adoro esos ojos castaños, tu valor, tu lealtad, tu pelo, tus... galletas.

Solo entonces Annie descubrió un brillo de inseguridad en los ojos del hombre. Conocía al sonriente Reno Best, al famoso seductor, al comisario, al amante apasionado. Pero nunca había visto a Reno inseguro, nunca lo había visto vulnerable.

–Yo también te quiero –susurró ella. Un segundo después Reno se quitaba el cinturón con la pistola y se tumbaba sobre ella en la cama para besarla con toda la pasión que llevaba escondida.

El corazón de Annie se hinchaba de alegría al darse cuenta de que Reno era el hombre de su vida, el hombre que había esperado siempre, el que tenía la llave de su corazón. Por primera vez en toda su vida, se sentía absolutamente segura de algo. Y, por primera vez, no temía seguir los pasos de su madre. Sentía tanto amor por aquel hombre que cien años no serían suficientes para expresarlo.

Annie le desabrochaba la camisa con dedos temblorosos. Tenía prisa, como si el tiempo pasara para ellos. No, cien años no serían suficientes para descubrirlo todo sobre él.

Enredando los dedos en su pelo, Reno levantó su cara para volver a besarla. Aquella vez sus lenguas se unieron en un baile que parodiaba el movimiento de sus dedos, buscando el uno los secretos del otro. Sin que ella se diera cuenta, Reno le había quitado las braguitas, aunque el sujetador seguía en su sitio.

El cuerpo del hombre sobre ella no dejaba dudas sobre su impaciente deseo. Levantando las caderas, Reno se bajó los vaqueros y los calzoncillos de un tirón. Incapaz de esperar más, se dio la vuelta arrastrándola con él. Annie se quedó de rodillas, parpadeando, confusa.

Pero cuando miró sus ojos, la confusión desapareció. Poniendo la mano sobre su torso, siguió las roncas instrucciones del hombre, disfrutando de su gemido de placer cuando consiguió entrar en ella, llenándola con su masculinidad.

La fricción, las caricias prolongadas, la embestida final... era increíble. Juntos experimentaron un placer que nunca, ninguno de los dos, había experimentado. Dulce, poderoso. Como si se completaran el uno al otro.

–Podría hacerme adicta a esto –susurró Annie, con la cabeza sobre su pecho.

–He creado una adicta al sexo –bromeó Reno.

–No puedo creer que he hecho el amor con un hombre que tiene las botas puestas.

–En ese caso, tendremos que hacerlo una y otra vez, hasta que te lo creas –sonrió él, besándola suavemente en los labios.

En ese momento fueron interrumpidos por un golpe en la puerta.

–¿Cerraste la puerta al entrar?

Reno negó con la cabeza.

–¿Estáis decentes? –escucharon la voz de Buck.

Reno se levantó de un salto, demudado, y Annie soltó una carcajada, mientras se ponía un vestido a toda prisa.

–Saldremos enseguida, Buck. Espéranos en el salón.

–Pero se dará cuenta de lo que hemos estado haciendo –le advirtió Reno.

–Al menos no tendrá que amenazarte con

una pistola para que te cases conmigo –sonrió ella, antes de salir al pasillo.

–Tengo grandes noticias –anunció Buck en cuanto la vio.

–Yo también tengo noticias –dijo Reno, entrando tras ella y tomándola por la cintura.

–¡Han encontrado el tesoro de Curly! ¿A que no sabéis dónde? Detrás de la cárcel. ¿Podéis creerlo?

–Claro que sí –dijo Reno–. Pero yo tengo aquí mismo el único tesoro que quiero.

–En ese caso, espero que le pidas a la joven que se case contigo.

–Ya lo he hecho. Pero la verdad es que aún no me ha contestado.

–Porque me has distraído –sonrió Annie, volviéndose para tomar su cara entre las manos–. La respuesta es sí.

–¡Maldita sea! ¡Menudo día! –exclamó Buck, golpeándose la pierna–. No solo encontramos el tesoro de Curly, sino que consigo una nuera más –sonrió, dándoles un abrazo de oso–. Vamos a contárselo a todo el mundo. ¿Le dijiste a Annie lo de los planes para cortejarla?

–Papá...

–¿Qué planes? –preguntó Annie.

–Estaba intentando encontrar la forma de cortejarte, de impresionarte...

–Ya te dije que merecía la pena pintar la cocina por ella.

–¿Qué cocina? –volvió a preguntar Annie.

–He pintado la cocina de mi casa, he terminado las paredes, incluso he puesto una nueva encimera. Me han ayudado todos, Zane, Cord, Tracy y Hailey. Hasta mi padre.

–Espero que te guste el amarillo –dijo Buck.

Annie sentía que su corazón era demasiado grande para su cuerpo.

–Me encanta el amarillo.

–No sé si va a gustarte mi casa. Es más grande que la tuya y aún hay que hacer muchos arreglos...

–Los haremos juntos –lo interrumpió ella, poniéndole un dedo sobre los labios.

–Vamos, chicos –dijo Buck–. Nos están esperando.

Cuando llegaron a la vieja cárcel al final del parque, parecía que todo el pueblo se había reunido allí.

–Solo Curly podía esconder el tesoro al lado de la cárcel –sonrió Hailey–. Claro, por eso la poesía escrita en el mapa dice que hay que «buscar con tiento y a oscuras».

–¿Seguro que el tesoro está ahí? –preguntó Annie.

–Sí. Está enterrado bajo una piedra. Cord está intentando sacarlo, pero pesa mucho –contestó Buck.

–¿Por qué decidisteis cavar precisamente aquí?

–Curly era un tipo original y, de repente, se me ocurrió que quizá lo habría escondido donde nadie pensaría en buscarlo.

–Ya lo tengo. Cuidado, pesa mucho –dijo Cord, sacando una caja que Zane colocó a los pies de su padre.

–Creo que eres tú quien debería hacer los honores.

Buck miraba la caja como si no creyera que era real.

–¿Vas a abrirla o qué? –lo increpó Floyd–. El tiempo...

–Pasa y nos hacemos viejos, ya lo sé –terminó Buck la frase por él–. Pero antes de abrir la caja, tengo algo que anunciar. Reno y Annie van a casarse.

El anuncio fue recibido con exclamaciones de alegría y Annie sonrió, avergonzada y encantada a la vez.

–Luego seguiremos hablando de eso. Ahora, vamos a abrir esta caja. Como sabéis, este tesoro significa mucho para mí. Pero no tanto como cierta señora –siguió Buck, mirando directamente a Alicia–. Te he enviado bombones y flores, pero no sé si es suficiente, así que quiero que esto sea para ti –añadió, señalando la caja del tesoro–. Quizá entonces te darás cuenta de lo importante que eres en mi vida.

–Oh, Buck –murmuró la mujer con lágrimas en los ojos.

–Abre la caja de una maldita vez –insistió Floyd.

Buck ayudó a Alicia a abrir el cierre, que estaba oxidado por el tiempo.

–¿Qué hay dentro? –preguntó Geraldine.

–Piedras –contestó Buck.

–Y una nota –dijo Alicia.

–Es de Curly.

–Léela –dijo el impaciente Floyd.

—No puedo –dijo Buck, dándole la nota a Hailey para que la leyera.
—Dice lo siguiente:

Me persigue la ley y esta vez no puedo escribir una poesía.

Me he llevado el dinero, Jed, y se lo he dado a gente que lo necesita más que tú. Sé que me ayudaste mucho en Leadville y lamento no poder recompensarte, pero la gente que espera el tren ha perdido todo lo que tenía en una inundación.

Espero que alguna vez volvamos a encontrarnos.

Curly Mahoney

—También hay un periódico –dijo Alicia, dándoselo a Hailey.
—Es un periódico en el que hablan sobre la azarosa vida de Curly.
—¡Maldita sea mi suerte! –exclamó Buck–. Parece que el único tesoro con el que se puede contar es la familia.
—Hay otra cosa con la que puedes contar –dijo Reno.
—Con el amor –dijeron Tracy, Hailey y Annie a la vez, compartiendo la sonrisa secreta de una mujer enamorada.

Epílogo

Un año después

–¿Seguro que no vas a tener el niño aquí mismo? –preguntó Annie.

–Como si fuera a perderme tu boda. Además, me encanta este vestido y pienso lucirlo aunque parezca una ballena –murmuró Tracy, mirándose en el espejo.

–Estás embarazada, Tracy, ¿qué se le va hacer? –sonrió Hailey, colocándole el velo a Annie–. Y tú estás guapísima.

–Creí que el que estaba guapísimo era Reno –rio Annie.

–Los dos sois guapísimos –dijo su futura cuñada–. La verdad es que lo he pasado tan bien planeando esta boda que casi lamento que Cord y yo nos escapáramos.

–Mucho más sorprendente fue que Buck y tu tía Alicia se escaparan para casarse en Las Vegas –dijo Annie.

–Lo sé. Mi tía solía ser una persona responsable.

–Como yo –dijo Annie.

–Pero uno de los Best le robó el corazón.

–Sé lo que se siente. Es estupendo –sonrió Annie.

—Cuánto me alegro de que hoy haga buen tiempo —dijo Tracy.

Annie miró hacia las montañas que serían testigos de su boda con Reno, en el mismo jardín donde él la había enseñado a jugar al fútbol.

—Dale las gracias a Cord por ese arco de flores. Es precioso.

—Le gusta hacer esas cosas, ya sabes.

El arco de madera estaba cubierto de flores y una línea de hiedra marcaba el pasillo que llevaba al original altar.

Todo iba a ser perfecto.

—Luanne ha transformado la seda que tu madre te mandó desde la India en un vestido de novia increíble, ¿verdad?

—Desde luego que sí —dijo Annie, pasando la mano por el largo vestido de seda blanca cubierto de organza. Había combinado un antiguo cuerpo de la abuela de Reno con la falda de seda salvaje y, para Annie, era el vestido perfecto—. No sabía que Luanne era tan buena costurera.

—Lo curioso es que tu madre haya tenido el presentimiento de que ibas a casarte —dijo Tracy.

—Mi madre es así —sonrió Annie, que por fin había aprendido a pensar en su madre sin sentir angustia o miedo.

—Es una pena que no haya podido venir.

—Está aquí en espíritu. Y te aseguro que mi madre tiene mucho espíritu —bromeó la novia.

—Y su hija también.

–Es la hora, chicas –anunció Tracy, mirando su reloj–. ¿No querrás dejar a Reno esperando?

–Al menos no ha tenido que ponerse un esmoquin –sonrió Hailey.

–Los Best están demasiado guapos con vaqueros como para ponerse otra cosa. Con una camisa blanca y una corbata de lazo están...

–Para comérselos –dijeron Annie, Hailey y Tracy a la vez.

Annie soltó una carcajada nerviosa. Sus ojos se habían llenado de lágrimas.

–No llores, tonta, que te estropeas el maquillaje –sonrió Tracy, dándole un ramo de flores hecho con lilas blancas.

–Ninguna novia ha tenido mejores damas de honor que yo –dijo Annie.

–Bueno, ya está bien de cumplidos. Vámonos antes de que me ponga de parto.

Por supuesto, Reno la estaba esperando. A su lado, Mike, su padrino. Su hermano había conseguido pagarle a Sven todo lo que le debía y llevaba un año saliendo con Sugar.

–Estás guapísima –le dijo Mike, emocionado.

Pero la atención de Annie estaba concentrada en Reno, guapísimo con sus vaqueros nuevos y su camisa blanca.

Cuando Reno la tomó de la mano, la luz del sol brilló en el zafiro de su anillo de compromiso.

–¿Estás bien, cielo?

–No estoy bien. Estoy espectacular –contestó ella, con una sonrisa traviesa.

—Estás preciosa.

En ese momento Annie se dio cuenta de que se había perdido la primera frase del sacerdote por hablar con Reno.

—Perdón, ¿qué ha dicho?

—Tienes que estar atenta –la regañó Rusty. Todo el mundo se echó a reír y la ceremonia prosiguió sin más dilaciones.

—Puede besar a la novia.

Y Reno lo hizo con una ternura que casi la hizo llorar.

Al otro lado del granero habían montado una espaciosa carpa para celebrar el banquete, al que había acudido todo el pueblo, y Annie estaba tomando una copa de champán admirando las montañas.

—Me gustaría hacer un brindis –dijo Buck entonces–. Como muchos de vosotros sabéis, mi salsa barbacoa ha empezado a venderse en todos los supermercados del país...

—¿Qué es esto, un anuncio? –se quejó Floyd.

Buck lo ignoró, centrando su atención en los recién casados.

—Desde la primera vez que los vi juntos, me di cuenta de que estaban hechos el uno para el otro, como las abejas y la miel. Así que brindo por Reno y Annie.

Cuando todos estaban brindando alegremente, Tracy se levantó de un salto.

—¡El niño! ¡El niño!

—¿Qué clase de brindis es ese? –preguntó Floyd–. ¿Acaban de casarse y ya está pidiendo que tengan un niño?

—La novia no —explicó Geraldine—. ¡Es Tracy! ¡Se ha puesto de parto!

—Ha sido una noche de bodas increíble —sonrió Reno, besando a su mujer en la frente.

—Desde luego —dijo ella, apoyando la cabeza en el hombro de su marido.

—¿Habías pensado que la pasarías en un hospital?

Annie levantó la cabeza y miró por la ventana del hospital de Kendall. Estaba empezando a amanecer.

—La verdad es que no. Pero estoy empezando a esperar lo inesperado cuando estoy contigo —sonrió, tomando su mano.

—¿Y no te importa?

—No —le aseguró ella—. ¿Verdad que nuestra sobrina es perfecta? No he visto nunca una niña tan guapa.

—Es verdad. Casi me apetece tener una como ella. O dos.

—Serás un padre estupendo —dijo Annie.

—¿Tú crees? —preguntó Reno, un poco inseguro.

—Por supuesto.

—¿Seguís aquí? —preguntó Zane, entrando en la sala de espera—. Creí que os habríais ido de luna de miel.

—El avión para Jackson Hole sale dentro de dos horas —dijo Reno.

—No teníais que quedaros toda la noche, pero me alegro de que lo hayáis hecho —sonrió su hermano mayor–. Por cierto, Tracy se siente culpable por haberos estropeado el banquete.

–No ha estropeado nada. Incluso tuve tiempo de tirar el ramo antes de salir corriendo para el hospital.

–Fue impresionante ver a la señora Battle pegándose con todas las jóvenes para conseguirlo –sonrió Reno.

–Desde luego –asintió Buck entrando en ese momento. Tras él iban Cord, Hailey, los gemelos y Alicia.

–¿Cuándo vamos a ver a la niña? –preguntó Lucky, emocionada.

–Podéis verla ahora –dijo Zane tomando a sus hijos de la mano–. Olivia tiene mucha suerte de tener dos hermanos mayores como vosotros.

–Yo soy el que tiene suerte –dijo Reno, mirando a Annie.

–Todos tenemos suerte –declaró Buck–. Yo diría que la vida es dulce para los Best. Y ahora, fuera –sonrió, dándole un golpecito a su hijo en la espalda–. Vuestra luna de miel os está esperando.

En el pasado, Annie había necesitado siempre controlar las cosas. Pero en aquel momento no necesitaba controlar nada. Su seguridad provenía de Reno y del amor que sentían el uno por el otro.

Y entonces se le ocurrió una idea loca. No necesitaba ir a Jackson Hole de luna de miel. Tenía todo lo que necesitaba en Bliss.

–Se me acaba de ocurrir una idea...

Una hora más tarde, Reno entraba con ella

en brazos en la cabaña donde Mike supuestamente había sido secuestrado.

—¿Estás segura? —preguntó Reno, sin soltarla—. Podemos volver...

—Este es el sitio perfecto para corregir un error —dijo Annie—. Quiero que sepas cuánto lamento no haber confiado en ti, Reno.

—Si me prometes que no volverá a ocurrir, te perdonaré.

La puerta del dormitorio estaba abierta y, frente a ellos, como si estuviera esperándolos, había una enorme cama con dosel.

—Puedo prometerte que te querré hasta el final de mis días —dijo Annie, mirándose en los hermosos ojos del hombre—. Te quiero por lo que eres, Reno.

—¿Un hombre encantador?

—No. Mucho más que eso. Un hombre muy especial. Un hombre de buen corazón —dijo ella, poniendo la mano sobre su pecho.

Su recompensa fue comprobar que él se había quedado sin palabras. Pero Reno le comunicó sus sentimientos con un beso lleno de pasión.

Ambos estaban agotados y muertos de sueño, pero no importaba.

Se sentían completos, el placer más poderoso por su compromiso. Mientras se amaban, él murmuraba palabras de amor y Annie sentía la inmensa alegría de haber encontrado a aquel hombre, el único para ella.

Más tarde, con la cabeza apoyada sobre su hombro y los dedos de él enredados en su pelo, experimentaba una sensación de plenitud que era incapaz de expresar.

—Mi padre tenía razón. La vida es dulce para los Best —declaró Reno con la satisfacción de un hombre que ha encontrado la verdadera felicidad.

Acepte 2 de nuestras mejores novelas de amor GRATIS

¡Y reciba un regalo sorpresa!

Oferta especial de tiempo limitado

Rellene el cupón y envíelo a
Harlequin Reader Service®
3010 Walden Ave.
P.O. Box 1867
Buffalo, N.Y. 14240-1867

¡Sí! Por favor, envíenme 2 novelas de amor de Harlequin (1 Bianca® y 1 Deseo®) gratis, más el regalo sorpresa. Luego remítanme 4 novelas nuevas todos los meses, las cuales recibiré mucho antes de que aparezcan en librerías, y factúrenme al bajo precio de $2,99 cada una, más $0,25 por envío e impuesto de ventas, si corresponde*. Este es el precio total, y es un ahorro de más del 10% sobre el precio de portada. !Una oferta excelente! Entiendo que el hecho de aceptar estos libros y el regalo no me obliga en forma alguna a la compra de libros adicionales. Y también que puedo devolver cualquier envío y cancelar en cualquier momento. Aún si decido no comprar ningún otro libro de Harlequin, los 2 libros gratis y el regalo sorpresa son míos para siempre.

416 BPA CESK

Nombre y apellido	(Por favor, letra de molde)	
Dirección	Apartamento No.	
Ciudad	Estado	Zona postal

Esta oferta se limita a un pedido por hogar y no está disponible para los subscriptores actuales de Deseo® y Bianca®.
*Los términos y precios quedan sujetos a cambios sin aviso previo.
Impuestos de ventas aplican en N.Y.

SPD-198 ©1997 Harlequin Enterprises Limited

Deseo®...
Donde Vive la Pasión

¡Los títulos de Harlequin Deseo® te harán vibrar!

¡Pídelos ya! Y recibe un descuento especial por la orden de dos o más títulos

HD#35327	UN PEQUEÑO SECRETO	$3.50 ☐
HD#35329	CUESTIÓN DE SUERTE	$3.50 ☐
HD#35331	AMAR A ESCONDIDAS	$3.50 ☐
HD#35334	CUATRO HOMBRES Y UNA DAMA	$3.50 ☐
HD#35336	UN PLAN PERFECTO	$3.50 ☐

(cantidades disponibles limitadas en algunos títulos)
CANTIDAD TOTAL $ _____
DESCUENTO: 10% PARA 2 Ó MÁS TÍTULOS $ _____
GASTOS DE CORREOS Y MANIPULACIÓN $ _____
(1$ por 1 libro, 50 centavos por cada libro adicional)

IMPUESTOS* $ _____

TOTAL A PAGAR $ _____
(Cheque o money order—rogamos no enviar dinero en efectivo)

Para hacer el pedido, rellene y envíe este impreso con su nombre, dirección y zip code junto con un cheque o money order por el importe total arriba mencionado, a nombre de Harlequin Deseo, 3010 Walden Avenue, P.O. Box 9077, Buffalo, NY 14269-9047.

Nombre: _____

Dirección: _____ Ciudad: _____

Estado: _____ Zip Code: _____

Nº de cuenta (si fuera necesario): _____

*Los residentes en Nueva York deben añadir los impuestos locales.

Harlequin Deseo®

Cuando, a la mañana siguiente del Baile del Batallón, el coronel Candello encontró a su hija en la habitación de un marine, poco faltó para que montara en cólera... Menos mal que el sargento primero Jack Harris se ofreció a casarse con Donna para salvar la reputación de su superior. Así que, por suerte o por desgracia, Jack y Donna se casaron. Pero los votos románticos destinados a colmar de felicidad el corazón de cualquier recién casada producían el efecto contrario en Donna. Porque, no solo era virgen siendo soltera, sino también siendo casada. Así que, ni corta ni perezosa, se propuso conseguir que su rudo e irresistible marido la deseara...

PIDELO EN TU QUIOSCO

Michele lo sabía todo sobre Tyler Garrison. Insoportablemente atractivo y heredero de una gran fortuna, cambiaba de mujer con la misma facilidad con que cambiaba de coche. Sin embargo, cuando Michele fue invitada a la boda de su ex novio, la emocionó que Tyler consintiera en acompañarla, y ello a pesar de la condición que le puso... ¡que simularan ser amantes!

Michele disfrutó con el efecto que produjo entre los invitados su aparición del brazo de Tyler. Pero quedó aún más sorprendida cuando él le hizo otra propuesta todavía más provocativa: ¡que se conviertieran en amantes de verdad! Tyler Garrison, el soltero más codiciado de Sydney... ¿la deseaba a ella? ¿O se escondería alguna mentira detrás de la proposición del playboy?

Proposición indecente

Miranda Lee

PIDELO EN TU QUIOSCO